秋葉四郎
Akiba Shiro

茂吉入門

——歌人茂吉 人間茂吉

飯塚書店

はじめに

斎藤茂吉の歌を読んでいると、まず飽きません。そして読み進んでいるうちに、自分の歌が無性に作りたくなります。努力したり、忍耐したりしないで読める歌集の作者である茂吉、そうして読み浸っていますと自身の創作意欲・人である喜びを刺激してくれる歌人茂吉・人間茂吉、この魅力に取りつかれて私の作歌人生も相当に長くなっています。

こうした歌人茂吉の魅力はどこにあるのでしょうか、しみじみ顧みるとき、作歌歴の深化とともに私にも、このごろ見えて来ているものがある。大きく二つに要約できることで、一つは、短歌本来にある抒情詩としての魅力を茂吉が十分に咀嚼し、即ち茂吉流にこなし、自在に且つ雄渾に発揮していることにあります。もう一つは、何ごとにも、生涯をかけディオニュソス的に取り組んだ茂吉の人生観、人間性にあります。

私はどちらかといえば、「歌人茂吉」だけを追求してきました。前著『新論歌人茂吉―その魅力再発見』(角川書店)が良い例で、作品を中心としたものです。実はそれだけでは解決しない「茂吉」を感じつつ、瑣末な私生活をえぐり出すような茂吉論を嫌悪する感情がぬぐい切れないでいたのです。

しかし、何人の歌も、その人の人生、生活、人間性から切り離して考えることは出来ません。今回は思う存分「人間茂吉」に触れつつ、その短歌作品の面白さ、「歌人茂吉」に迫って、斎藤茂吉に親しんでもらえる書としたいと思います。

本書は、平成二十三年一月から三月まで、NHKのラジオ放送「カルチャーラジオ 短歌をよむ」のテキスト『歌人茂吉人間茂吉』に、手を加え、飯塚書店版の拙著『短歌入門』と対となるよう工夫して斎藤茂吉の入門書として刊行するものです。

斎藤茂吉記念館にて

秋葉四郎

目次

〔註〕本書で紹介した短歌作品、文章のなかには、現代からみると不適切な表現・表記が見られるものがありますが、作品の文学性、当時の時代状況、作者が既に故人であることなどに鑑みてそのままとしました。

装幀　片岡　忠彦

一、茂吉の出発

斎藤茂吉という人

あなたの胸中の斎藤茂吉《さいとうもきち》はどういう人ですか、仮にこんな質問をしたらどんな答えが返ってくるでしょうか。そんな人は全く知らないと答える人は少ないでしょうが、その回答はさまざまであるに違いありません。歌集『赤光《しゃっこう》』の歌人で、近現代の短歌界、文学界の大家であると答える人がまず最も多いでしょう。続いて、医学博士で近代日本の精神医学界の先駆者であったことが知られていましょうか。更に、究極のリベラリストとして人間性豊かな生活人であったということも答えてくれるはずです。その斎藤茂吉を論じたり、研究したり、語っている著書は膨大な数になります。私は、親炙した歌人佐藤佐太郎《さとうさたろう》が生涯にわたって斎藤茂吉を尊敬していたこともあって、それらの茂吉論をほぼ読み、その都度茂吉の魅力について考えさせられて来ました。このごろは論者も若くなって、茂吉否定の論も見られるようになっています。

私自身は、自身の作歌経験も深まり、人生経験も積んで、いよいよ歌人茂吉に惹かれ、若い時には平板に読んでいた作品にさえ妙に心打たれたりしています。茂吉に立ち返るたびに新発見・再発見があって、歌人斎藤茂吉の面白さ、新鮮さを感じています。その底辺の、斎藤茂吉という「人」の人間性の深さ、非凡さ、たくましさを感じています。歌人茂吉の新しい姿、というより隠れている姿のようなものを作品から掘り起こし、それを支える茂吉の人間像を考えてみたいと思います。読者のみなんさが改めて茂吉の歌が好きになり、その作品に親しみ、所論になじんでくれることが私の切なる願いです。

斎藤茂吉は、明治十五年五月十四日、山形県金瓶《かなかめ》村に、農業を営む父・守谷熊次郎（伝右衛門）、母・いくの三男として生まれました。明治二十九年、十四歳にて上山尋常高等小学校高等科を卒業、七月、父と共に湯殿《ゆどの》山に参拝した後、八月二十八日、東京浅草区の斎藤医院、後に養父となる斎藤喜一郎（紀一）方に寄寓します（全集年譜による）。

この時、郷里を後にする少年茂吉に、その生涯を支える大きなプレゼントがありました。生家の近隣にある菩提寺・寶泉寺《ほうせんじ》の和尚佐原窿応《りゅうおう》からです。窿応はそれまで少年茂吉に目をかけ、習字・漢文を教えて来ましたし、茂吉の上京にも一役買っています。窿応は畏敬していた当時の大書家中林梧竹《なかばやしごちく》に頼んで、茂吉のためにオリジナルの真筆を贈ったのです。即ち「為茂吉生　大聖文殊菩薩　梧竹居士拝書」という作品です。将来ある茂吉のため、大聖文殊菩薩の御加護をこうむれるよう、梧竹が拝し書いた、そんな思いが込められていましょう。因みに「文殊菩薩」は仏の智慧（般若）を象徴する菩薩です。窿応和尚が少年茂吉に何を願い、何を思ったかが深く且つ強く伝わります。実際この「大聖文殊菩薩《だいじょうもんじゅぼさつ》」は、以後

中林梧竹の書（斎藤茂吉記念館蔵）

五十六年、三度の火難、疎開からも免れ、苦難の多かった歌人斎藤茂吉、医の先進斎藤茂吉の生涯を支えました。殊に晩年の臥床する日々、これを部屋に飾り心の糧とし、臨終のときにもこの掛軸が飾られていたといいます。

郷里を離れて東京在住となった茂吉はこの「大聖文殊菩薩」を心の支えとしてよく勉強し、努力しています。開成中学校第五級に入り、国語、漢文、英語を中心に学び、別に独逸学協会別科に通い、ドイツ語を学び、やがて第一高等学校に進んでおります。

茂吉転機の二十三歳

郷里を出て九年後の明治三十八年は、二十三歳となった青年茂吉の大きな転機となった年でありました。

一つは高等学校を卒業し、東京帝国大学医科大学に入学したことです。

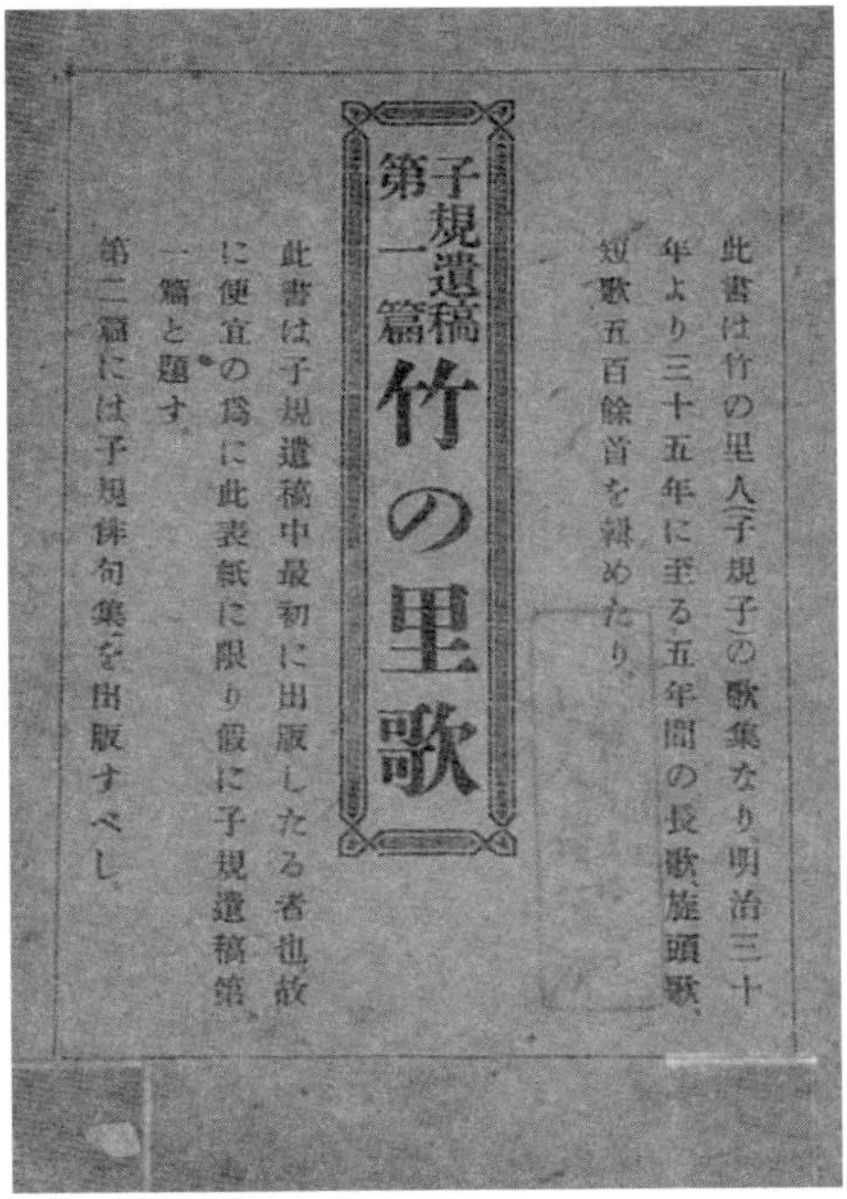

『竹の里歌』（斎藤茂吉記念館に展示）。粗末な装丁の歌集だが、青年茂吉の運命を変えた一冊

もう一つは、上京後漠然と関心を寄せていた短歌を本格的に作り始めたことです。神田の貸本屋から正岡子規《まさおかしき》遺稿第一篇『竹の里歌』を借りて読み（子規没後三年に当たる）、強い影響を受け、この辺りから膨大な量の習作短歌を親しい友人らに書簡として送り始めています。この年伊藤左千夫《いとうさちお》発行の短歌雑誌「馬酔木《あしび》」を求めて

読み、翌明治三十九年にはその「馬酔木」第三巻第二号に歌五首を発表、伊藤左千夫を訪問もしています。更に歌会にも参加、香取秀真《かとりほつま》、蕨眞《けっしん》（蕨眞一郎《わらびしんいちろう》）、長塚節《ながつかたかし》、石原純《いしはらじゅん》、平福《ひらふく》百穂《ひゃくすい》らと相識ることになります。茂吉の作歌を特徴づける「地獄極楽図」の連作もこの年になり、後のアララギの歌人斎藤茂吉の萌芽は明らかにこの年にありました。

三つ目は、この年明治三十八年に、斎藤紀一が茂吉を次女てる子（輝子）の婿養子として入籍していることです。守谷茂吉から正式に斎藤茂吉となったわけです。茂吉二十三歳、てる子十歳でした。

をさな妻こころに持ちてあり経《ふ》れば赤小蜻蛉《あかこあきつ》の飛ぶもかなしき

など、歌集『赤光』を彩る明治四十三年作「をさな妻」一連は、こうした背景から生れています。茂吉にとっては、フィアンセ「をさな妻」ですが、十歳の少女てる子は何も知らされていなかったと後に語っています。正式に結婚し、生活を共にするのは、入籍から、九年がたつ大正三年四月からで、茂吉三十二歳、てる子十九歳のときのことでした。尋常を超えるこの結婚は、少なからず歌人茂吉・人間茂吉に光と影とをもたらすことになったのです。

積極的に真似る作歌

斎藤茂吉の作歌の発途は、良いものを積極的に取り入れ、いわば真似て作るところから出発しています。大正二年刊行の第一歌集『赤光』の「地獄極楽図」（明治三十九年。茂吉二十四歳）は、

人の世に嘘《うそ》をつきけるもろもろの亡者《まうじや》の舌を抜き居《ゐ》るところ　斎藤茂吉

にんげんは牛馬《うしうま》となり岩負ひて牛頭馬頭《ごづめづ》どもの追ひ行くところ　同

白き華《はな》しろくかがやき赤き華あかき光を放ちゐるところ　同

などというもので、郷里の菩提寺・寶泉寺で、毎年一回開示されていた、仏教教典にもとづく地獄極楽の掛図を素材とし、謳い上げています。連作としての迫力も、一首一首の完成度からしても力作で、絵の内容があざやかに写象出来ます。第一首、「亡者」は死者で成仏できなく、たましいが冥途で迷っているもの。その亡者が現世で嘘をついた悪事が裁かれ、舌を抜かれているところです。第二首は、牛馬を残酷に扱った人間が、地獄に落ち、岩を背負

わされて、牛馬らに酷使されているところ。第三首は、前二首と違って極楽の様子です。白い華はしろく輝き、赤い華はあかい光を放っているというのです。そういう明るく美しい光に象徴されるところが極楽だというのです。その頃友人の渡邊幸造への書簡に、この歌の初案があって、「白蓮白くかがやき赤蓮赤き光を」とあります。「白蓮《しろはちす》」「赤蓮《あかはちす》」と読ませるのでしょう。実際の掛図は「蓮」であったことが解りますが、それを抽象化して「白き華」「赤き華」と言ったのは、詩の表現としてすぐれています。現代性も出るし、暗示性が高く且つ強くなるからです。茂吉は最初から非凡な才能が光っていました。

この一連は、改めて郷里金瓶に帰って、地獄極楽絵図を見て作っているのではなく、全て「二十三歳」青年茂吉の心に在った風景でありました（渡邊幸造あて書簡―明治三十八年五月十四日―に「掛図を昔見しを想ひ出して作りたるもの」とあります）。それにしても作歌の初めからこれ程歯切れ良く、また解り易く言えたのはどうしてでありましょうか。

正岡子規の「絵あまたひろげ見てつくれる」（明治三十二年。茂吉三十三歳）があって、それに学んでこの一連があるからです。前記の茂吉書簡にも、「故先生（註、子規）の……『象蛇どもの泣き居るところ』の如きは古今になき姿にて誠に気に入り小生も恐れ入りマネいたしたる次第に候」と言い、また『作歌四十年』（筑摩書房）の中でも自ら、「それ（註、「絵あまたひろげ見てつくれる」）を模倣してこの『地獄極楽図』といふ歌を作つたのであつ

た」と言っていて明らかであります。正岡子規の歌は、

なむあみた仏つくりかつくりたる仏見あげて驚くところ　正岡子規

木のもとに臥せる仏をうちかこみ象蛇ともの泣き居るところ　同

看板にあへかは餅と書きありて旅人二人餅くふところ　同

などというもので、「ところ」などと単純にすっきりと言い切る表現は、おそらく俳句作者であった子規が、その影響もあって初めて行ったものでありましょう。歯切れが良く、平明です。第一首、仏師が入魂の仏像を作り上げ、その迫真の像を見上げて人々は念仏を唱えつつ驚いているところです。第二首、木の下に臥す仏陀は入寂しているのでしょう。象や蛇までが悲しみ泣いているのです。第三首は、浮世絵の一枚でもありましょうか。看板には安倍川餅と書かれてあって、その前に旅人が二人餅を食っています。まさに一枚の絵であり、新時代の短歌の具体的なかたちを示したと言えましょう。

正岡子規は、「写生」を旨とする俳句の作者でもありましたから、こうした軽妙な表現が自然に出たのであったに違いありません。

大変な熱の入れ方で短歌を作り始めた青年茂吉が機敏にこれを取り入れたのは、素質の現

れであり、且つ「模倣」をおそれなかったのは茂吉の一つの態度であったと言えましょう。今日顧みられてよい、茂吉の大きな特色の一つです。茂吉の三年先輩になる長塚節は、「赤光書き入れ」の中で、この一連は「模倣」で駄目だときっぱり否定しておりますが、茂吉自身は、「模倣」には創作の一段階、心の据え方として、積極的な意味があるという認識を持って自覚的に、正岡子規を真似ております。茂吉がこういう出発をしたことに私は大きな意味があったと思うのです。

「模倣」について後に茂吉自身が次のように言っております。

「(子規は)和歌革新の初途に於て、既に大つぴらに偉れたものを『模倣』すると公言してゐた」。「また子規は長塚節に訓へて、模倣するならば明さまに模倣せよと云つて居る。子規は斯くの如き公明なる態度を以て、偉大なる前進の実作に肉薄して行つたのである」。「井泉水氏等は、模倣模倣、といつて軽蔑してゐるけれども、優れた芸術を発見することが既に創意である。その優れた偉大なる芸術にむかつて模倣せむとする意力は既に及び難い創意・独走だと謂はなければならぬのである」(「正岡子規の事二三」)。

「正岡子規の事二三」は、昭和二十年四月刊行の『文学直路』所収のもので、いつごろ書かれたのか明確ではありませんが、茂吉の終生の考え方であったと言って差し支えないでしょう。

模倣については、芥川龍之介《あくたがわりゅうのすけ》の言葉も説得力があります。「芸術上の模倣は上《かみ》に述べた通り、深い理解に根ざしてゐる。況《いはん》やこの理解の透徹した時には、模倣はもう殆《ほとん》ど模倣でない。たとへば今は古典になつた国木田独歩《くにきだどっぽ》の『正直者』はモオパスサンの模倣である。が、『正直者』を模倣と呼ぶのはナポレオンの事業をアレクサンダアの事業の模倣と呼ぶのと変りはない」（「僻見」）。

遡って茂吉の子規の模倣からの出発は、創意であり、独創であったと言えるはずです。「模倣」から出発した青年茂吉は、何を会得したでしょうか。私が考察するところ次のようなことをまず上げることが出来ましょう。

一、こんな世界も短歌なのだという短歌の内容についていち早く悟入出来たこと。

二、真似るべき作品の調子・声調が抒情詩たる「短歌」の生命だということ。つまり短歌は一つの言い方だから、その言い方が二十三歳の茂吉にピッタリすることを体感したということです。

三、一語一語、一首一首、論理を超えた言語感覚、語気、体温、呼吸のようなもの（響き）によって成り立っているということ。

「二十三歳」にして歌人茂吉は、「模倣」によってこれらを一気に身につけたと言ってよいように思うのです。短歌に限らず芸術一般は、学び（「まねる」と同語原）、悟るものです。論理的のみによっては、教えたりあるいは教えられたりすることは出来ない。そこに短歌が芸術である所以があり、「模倣」から出発する意義があるのではありますまいか。茂吉の出発はそれを思わせてやまないのです。

勿論作歌も芸術の創作である以上、模倣に始まることは許されますが、模倣のまま続け、終ることは許されない。正岡子規も「真似の三段階」として次のようなことを言っています。

第一ステップ、意識して真似る段階。

第二ステップ、意識せずに真似になってしまう段階。

第三ステップ、意識して真似ない段階。

大なり小なり創作に携わる人は、こういう経過を踏んで、自身の表現力、作品力を高めつつ進むというのであります。しかし、この三つのステップは、人によってそれぞれのステップにとどまる期間に当然違いがあります。第一ステップの長い人、第二ステップから脱け出し得ず、停滞する人、我武者羅に第三ステップに突き進む人、等々です。

青年歌人茂吉の第一歌集『赤光』をつぶさに見ると、激しいエネルギーと天才によって茂吉は、極めて短期間にそれぞれのステップを超え、「意識して真似ない段階」即ち個性的な世界、独自な表現になっています。つまり、芥川龍之介をして、詩が何であるか、『赤光』から悟ったと言わしめた、文学の力、短歌の魅力を発揮したのです。

青年茂吉は啄木も模倣しているか

歌人茂吉ほどいさぎよく「模倣」から出発して、独自な個性を限りなく発揮している歌人は他に少ないでしょう。歌集『赤光』は、先進の作品から貪欲に摂取しているところの見える歌集です。正岡子規、根岸短歌会の先人、更には芭蕉《ばしょう》などを中心とした俳句、『万葉集』などの古典、西洋絵画、日本画等々の先進から、若いナイーブな近代感覚で、摂取・消化してとにかく過去に例のない内容となっています。

ところで、茂吉と石川啄木《いしかわたくぼく》にはよく似た歌があって、茂吉は啄木まで模倣の対象にしていたのか、興味尽きないところです。

どんよりと空は曇りて居りしとき二たび空を見ざりけるかも　**斎藤茂吉**

『赤光』後半、大正二年の作です。

どんよりと
くもれる空を見てゐしに

人を殺したくなりにけるかな　石川啄木

明治四十三年刊行『一握の砂』のなかの一首。上句がほとんど同じで、発表年月からすれば、茂吉が後塵を拝していることになります。

近代感覚として、空の圧迫感と心象とを調和させているところは同じで、下の句を茂吉は「二たび空を見ざりけるかも」とし、自身の行為を添えて、生活、勤務等の憂鬱を暗示しています。対して啄木は「人を殺したくなりにけるかな」と大胆にして意外な心象を吐露しています。似て非と言えばそれまでの作品でもあります。

大正時代の斎藤茂吉（斎藤茂吉記念館蔵）

佐藤《さとう》佐太郎《さたろう》著『茂吉秀歌』では、偶然の暗合で、茂吉は啄木の歌に気づかなかった。だから、

『作歌四十年』では啄木のこの歌に触れていない、としています。この歌に関する茂吉の自註には「仏蘭西近代絵画の影響があつた」（『作歌四十年』）とあるので、私の頭にはクールべの作品等いくつかがよぎります。

石川啄木は明治十九年生まれですから、茂吉より四年若い。そうして、茂吉が歌人として出発し、作歌に情熱を注ぎ始めた明治三十八年はどうしていたか。郷里に在って、父の住職罷免の翌年に当たり、啄木は十九歳、処女詩集『あこがれ』を出し、堀合節子と結婚した年に当たります。その後函館、釧路等を経て、啄木が東京に来るのは明治四十一年で、蕨眞の「阿羅々木《あららぎ》」が出た年です。茂吉が作歌者として本格的に始動し、「短歌における四三調の結句について」などの歌論もその「阿羅々木」に載せた年です。翌年発行所が東京に移され、「アララギ」となって再出発すると古泉千樫《こいずみちかし》らと共に、編集の中核にもなりました。

翌、明治四十二年一月の森鷗外《もりおうがい》の観潮楼歌会に初めて参加した茂吉は、ここで石川啄木とも同席していますが、双方とも印象に残ることはなかったように見えます。

鷗外宛啄木書簡を見ると、啄木は小説家をひたすら目指しているときでありましたし、茂吉は「アララギ」の中核歌人に向かって邁進しつつありました。

加えて、啄木は「短歌」をあまり重視していなかったと思われるふしが書簡に残っています。明治四十三年十月、郷里の友人岡山儀七宛書簡に「ただ小生が『歌人』たることを名誉とも光栄と存ぜざる者なることは、兄において了解しておいていただきたく候」などというものから解るのです。ひたすら小説家として成功しようとして、鷗外の下に行っていた啄木と、短歌の表現に開眼しだした茂吉とは、本質的に相容れぬものがあったのかもしれません。してみれば、これらの二首の相似は、茂吉の自註どおり、「仏蘭西近代絵画の影響」だけを考えるのが良いということになりましょうか。

茂吉には、改造社版『啄木全集』発刊のころに書かれたと思われる「啄木の歌」という文章があり、啄木の歌に関心を持っていたことには間違いのないところです。「啄木全集発行のとき新聞に広告が出て、その中に啄木の歌が幾つかあつた。かういふ種類の歌を世の人々が愛好し尊敬してゐると看做すことが出来ると思ひ、また啄木の代表作として世の人々がかういふ歌を考へてゐると看做すことも出来ると思つて、写して置いたのである」と書き出し、人が代表歌とする

たはむれに母を背負ひて
そのあまり軽きに泣きて
三歩あゆまず

はたらけど

はたらけど猶わがくらし楽にならざり
ぢつと手を見る

東海の小島の磯の白砂に
われ泣きぬれて
蟹とかはむる

など、二十二首を取り上げ、結論として、「此等の歌は、一般の人々に啄木の歌の見本として示したのであらうが、啄木の歌の代表作としてはどういふものか知らん。代表作として選ぶなら、もつとちがつた選び方がありさうにおもへる」とあります。未発表自筆原稿によっていて、執筆の年月が解りませんが、内容から改造社版『啄木全集』刊行のころに当たりましょうか。「もつとちがつた選び方」が気になりますが、啄木と茂吉とは全く無縁であったとするのがやはりよいようであります。

二、歌集『赤光』と茂吉の青春像

第一歌集『赤光』の反響

斎藤茂吉は、明治三十八年、二十三歳を大きなターニングポイントとして、短歌に打ち込み歌人として出発しています。根岸短歌会系の短歌雑誌「馬酔木《あしび》」を読み、翌明治三十九年には伊藤左千夫《いとうさちお》を訊ね、子規門であった蕨眞《けっしん》、香取秀眞《かとりほつま》、長塚節《ながつかたかし》、平福百穂《ひらふくひゃくすい》らと交流し、作歌に烈しい情熱を注ぎ始めます。その熱中ぶりは、今日では、親しい人への多くの書簡から知ることが出来ますが、殊に開成中学校時代の親友渡邊幸造宛の手紙には、短歌への熱い思いと膨大な数の習作短歌作品が送られていて、茂吉の短歌開眼が尋常を越えるものだということが知り得るのです。例えば、既に触れていますように、「地獄極楽図」の初案となる一連などもあって、その創作の過程さえ知ることが出来ます。

この明治三十八年から大正二年七月（茂吉三十一歳）、伊藤左千夫の突然の死までの作歌八百三十四首が、初版歌集『赤光』の内容です。制作の新しい年度のものから、逆年順に配列して大正二年十月十五日、東雲堂書店から刊行されました。同年一月には北原白秋《きたはらはくしゅう》の『桐の花』も出ていて、一ページ三首組、二十字折り返し（原稿用紙に準じた措置）という、今日に続く歌集のスタイルが形成されたのでもありました。

八年後の大正十年十一月一日、七十五首を削り、改作改正作品をも含めた改選版『赤光』が出、のちにこれを定本とし、今後『赤光』を論ずるときは、これによることを著者として要求をしております。

歌集『赤光』、殊に初版『赤光』は、短歌界のみではなく、文壇に大変な反響をもって迎えられました。

例えば、芥川龍之介《あくたがわりゅうのすけ》は、「僕は高等学校の生徒だつた頃に偶然『赤光《しやくくわう》』の初版を読んだ。

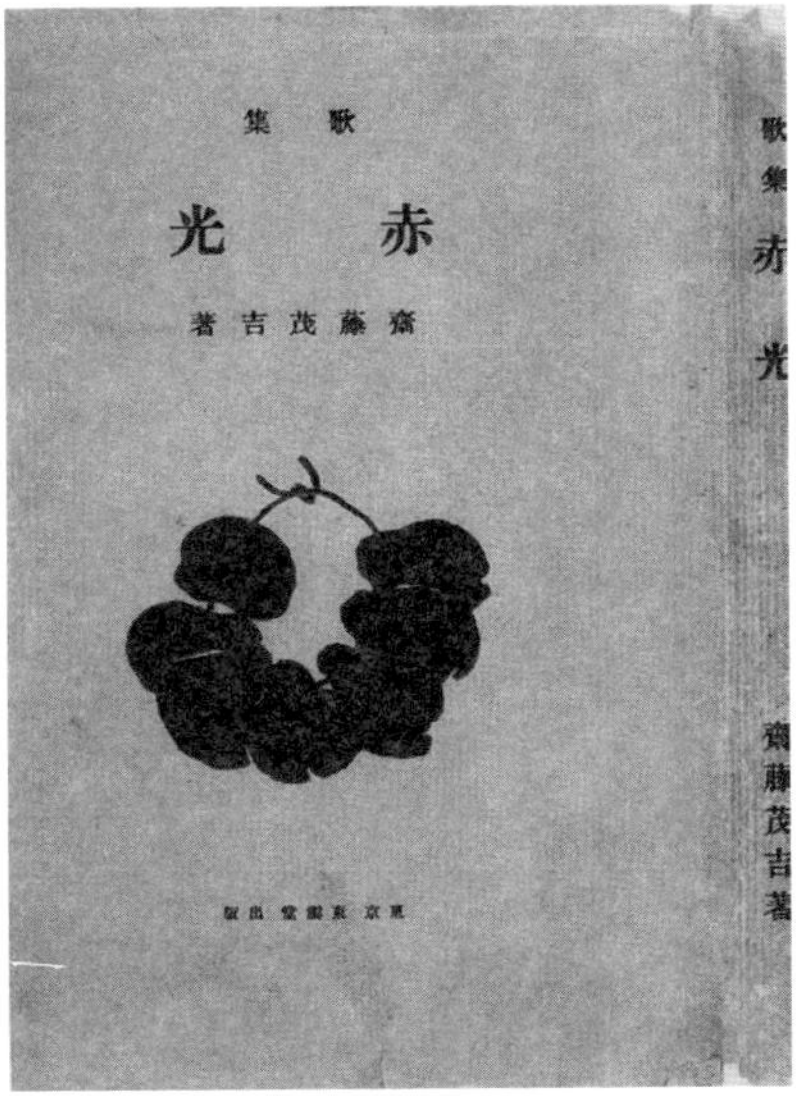

初版歌集『赤光』表紙（斎藤茂吉記念館蔵）

『赤光』は見る見る僕の前へ新らしい世界を顕出《げんしゆつ》した。爾来《じらい》僕は茂吉と共におたまじやくしの命《いのち》を愛し、浅茅《あさぢ》が原のそよぎを愛し、青山墓地《あおやまぼち》を愛し、三宅坂《みやけざか》を愛し、午後の電燈の光を愛し、女の手の甲の静脈《じやうみやく》を愛した」（「僻見」）と言っています。即ち、斎藤茂吉が『赤光』に於いて謳いあげているごく身近に存在する『詩』の輝きに同感したというのです。

更に芥川は「僕の詩歌《しいか》に対する眼は誰の

お世話になつたのでもない。斎藤茂吉にあけて貰つたのである。もう今では十数年以前、戸《と》山《やま》の原《はら》に近い借家《しやくや》の二階に『赤光』の一巻を読まなかつたとすれば、僕は未だに耳木兎《みみづく》のやうに、大いなる詩歌の日の光をかい間《ま》見ることさへ出来なかつたであらう」（「僻見」）と書き残しています。

「僻見」は八ページにわたって茂吉を論じているもので、茂吉が芥川の詩歌の眼を開かせた人であり、あらゆる文芸上の形式美の眼を開かせた存在だとも言って、日本の伝統文芸の新機軸として『赤光』を受けとめ、斎藤茂吉の文学活動を評価したのです。

室生犀星《むろおさいせい》は、「どのページにも無駄なものはなく皆相応に光つてゐる。そのなかに恐ろしく頭抜けてゐる秀歌がある。

めん鶏《どり》ら砂あび居たりひつそりと剃刀研人《かみそりとぎ》は過ぎ行きにけり

たたかひは上海に起りゐ《ママ》たりけり鳳仙花紅く散りゐたりけり

この二首に著者の才が仄めいてゐる。そして此のいやに鋭どがるくせが一巻を通じてゐる。鋭どがるくせだとおもつてゐるうちに、それが著者が唯一の所持品だといふことに気付いて、その独創の非常に豊富なのに私は打身になりかかつてゐる」（「『赤光』を読む」）と述べています。歌集『赤光』を高いところで評価している言葉だと私は思います。

更に木下杢太郎《きのしたもくたろう》は「斎藤茂吉の歌には、古女房に見出でたる新らしき愛ぎやうのやうな品がある。どこにいままで隠れてゐたか分らぬながらの品である。素朴と見えて艶がある。単純と見えてあやがある。一国《いっこく》と見えて洒落がある」（「歌集赤光」）と評価しています。

長塚節は、殊に「おひろ」一連を認めて「大正二年度に於て此大作を得たことを喜ぶ。芸術のための芸術ではなくて作者はもう芸術といふものの範囲を越えて闊歩しようとして居る。其処に恐ろしい力を包蔵して居る。それと同時に一読した際には、読者は惘然たらざるを得ない程、露骨に大胆に然かも極めて細心に歌つて居る」（「歌集『赤光』書き入れ」）と言っています。

歌集『赤光』は、二〇一三年で刊行百年になりましたが、その後も様々な人に評論され、平成七年に、梶木剛《かじきごう》編『斎藤茂吉『赤光』作品論集成』（大空社）全五巻は、各巻五百ページを越えるものです。歌集『赤光』の存在感を暗示していましょう。

そして、この一巻には茂吉の青春像が数限りなく、包蔵され、未来の姿、即ちその後の茂吉の進展が暗示されていました。ここではそのうちの二つのことに触れておきます。一つは『赤光』期における「与謝野晶子《よさのあきこ》へのこだわり」であり、もう一つは「『死にたまふ母』における死生観」ということであります。

与謝野晶子へのこだわり

与謝野晶子は、茂吉より四年年上ですが、茂吉が「馬酔木」「阿羅々木《アララギ》」「アララギ」に於いて初心者ながら本格的に作歌に打ち込んでいるとき、既に歌壇の寵児になっていました。明治三十四年、与謝野鉄幹《よさのてっかん》と結婚し、『みだれ髪』(旧姓鳳晶子)を刊行し、大きな反響を呼び、明治三十七年に歌集『小扇』、翌明治三十八年に山川登美子《やまかわとみこ》、増田雅子《ますだまさこ》と共著詩歌集『恋衣』、明治三十九年に歌集『舞姫』、明治四十一年に歌集『常夏』、明治四十四年に歌集『春泥集』、明治四十五年に歌集『青海波』等と続けざまに刊行し、超人的な活躍をしていたのです。大正二年、茂吉が歌集『赤光』を出すまでにこれだけの歌業の蓄積があったのですから、歌風、歌柄の違いを越えて茂吉が「こだわる」のは当然と言えば当然です

伊藤左千夫が、「馬酔木」においてかなり辛辣に与謝野晶子作品の批判をしているのに対しても、茂吉は敢然として、同調していません。

例えば、渡邊幸造宛書簡では次のように書いています。

「本月の明星を見候処小サイ字にて鉄幹が『左千夫氏のこの評ほど真面目に自家の愚魯をあらはしてゐるものはないモー少し日本語を研究して来い』といふ様な評が出で居り候、

あまり簡単で何だかトント分らず候シカシ左千夫なんかテンデ合手にならないとでも思つてゐるのかソレならばあまり生意気すぎると思ひ候又あまり失敬と存じ候。先生の晶子の悪口も少々感服せざれど鉄幹のよりか余程真面目に候、先生の評の中にも処々言葉の上のヘンパ《ママ》なる処ありて感服せずそれは先生とも話しいたし候。又君の言の様に夏花使の歌も晶子の一方が善く感ぜられ候、菜の花の歌は調に於て先生のを取る、美男の言葉は全く小生は大キラヒなり先生と全く同感に候、美い男とか何とか思つて詠んだのではないことは勿論の様なれど晶子のは何にかかにか主観の特に恋を持ち出すのは多いのだから業平は美男だといふ様な意味で使用したのだかも知れず候（中略）又み仏なれどなどの幼稚なることは言ふまでもなく又厭な調に候。夏木立は動くと先生は云はれたけれど夏木立は尤も適当して居るとおもひ候（中略）晶子の舞姫小生も一寸貸本屋からかりて読み候が中には甘いとおもふのが有之候。シカシ小生などにはツマラぬのが多く候、何となく幼稚な様におもはれるのが多く候」（明治三十九年五月九日）。

左千夫が批判した与謝野晶子の歌

遠つあふみ大河ながるる国なかば菜の花さきぬ富士をあなたに

松かげの藤ちる雨に山越えて夏花使野を施すらむか

鎌倉や御仏なれど釈迦牟尼は美男におはす夏木立かな

に対する茂吉の率直な意見で、左千夫に単純に同調しないところ、青年茂吉の青春像として面白いし、与謝野晶子の活力のようなものに「こだわり」を持っていたのでしょう。後の「美男におはす」なども嫌いだと言いつつも単純な否定ではない。「夏木立かな」はこれで良いとし、そこまで否定してはならないという思いも窺えます。若い茂吉が左千夫より正確な受け止め方をしていたと言ってもいいでしょう。

また、『舞姫』も借り出して読んでいるのも、良い意味の「こだわり」と言ってよいではありますまいか。

「美男におはす」には随分こだわって、友人の渡邊幸造宛に何度も手紙を送っています。

「次ぎに美男で大仏はあるといふのを善いなどといふのは君が癪にサワル如くに癪にさわつてならない。晶子の歌全体も気に喰はぬが僕のは美男といふ言葉が気に喰はぬのだ。（略）滑稽の意味ならばイクラか善いが晶子のは恋歌のツモリであらう、ソレダカラ尚イヤになる。前にも言ふた通り美男といふ言葉がイヤなのである、恋歌で仏を恋ひんとならばモー少し善い言葉があり相のものだとおもふのだ。斯くの如き場合に言葉のギンミが甚だ必要だとおもふ」（明治三十九年七月十五日）。

更に茂吉は、俳句の方の用語を探そうとしています。やはり渡邊幸造宛書簡。

「小生晶子の美男の歌について評らしいものをして見たく存じ居り候が俳句で美男といふ文字の用ゐた例御序での節御発見に相成り候はゞ御教示願ひ上げ候、但し、蕪村と芭蕉と春夏秋冬春の部と続春秋秋〔原〕冬の秋と冬の部と今回出た一万集は尋ねる様に頼み居り候。モシ兄が新俳句でも御読みの節見あたり候はゞ教へ下され度願ひ上げ候実は古来からどう〔原〕場合に用ゐて成功してゐるかゞ見たき考に御座候」（明治四十年十月三日）。

更にまた茂吉が「晶子趣味だ」と言われていることについて、伊藤左千夫宛に猛抗議をしている手紙も残っています。

「アカネに晶子趣味に傾き居るもの二三人ありとの事に候が其中の一人は小生のつもりかも知れず候、シカシ小生は屁ともおもはず候、第一晶子のマネを小生がして居るのだか、小生のマネを晶子がして居るのだか分つたものにあらず晶子云々と心配するだけ小生等よりも晶子をばイライと思つて居る証コに候。なさけなく候、小生が真に晶子の歌に敬服して居るならばトーの昔に晶子の膝下にひざまか〔原〕ざるべからざるの理に候はずや、小生は自分でイライと信ずる人の前にはひざまづくをはゞからず候、イライと心の中では信じながら彼此いふが如きは、ツマラない事に候。下らない愚痴になつてしまひ申候」（月日不詳）。

後に、茂吉は与謝野晶子について門人佐藤佐太郎《さとうさたろう》に次のように語っています。「晶子は女流の中では群雀の中の一鶴だな。富士山のようなもんだ。とにかく言葉の味わいをのみこんだところがあるものね。ああいう人が正道にはいってくればたいしたもんだが、また正道には来れない運命があるんだね」（『童馬山房随聞』昭和十六年十二月七日・岩波書店）。

晶子を「富士山のようなもんだ」は言い得ているのではないでしょうか。斎藤茂吉のこの思いは、『赤光』の時代の青春像として培われていたものだと私は思っているのです。

「死にたまふ母」の死生観

歌集『赤光』の中で、人の心を打ってやまない「死にたまふ母」は文字通り大作で、永い間人口に膾炙されています。かけがえのない母との別れを、生まれ育った郷里の様々な景観を添景にしつつ謳いあげています。生業の蚕、遠田の蛙の声、つばめ、山鳩、星、朝日、雲、残雪、おきな草、あけび等々実に巧みに一首一首に生かされて居ります。これらはどの一つ一つも、幼時から作者と人生を共にしていたもので、母との永訣に当たって、無くてはかなわぬものとして響きます。挽歌の必然性のようなものをより強く出しております。

『赤光』

其の一

みちのくの母のいのちを一目《ひとめ》見ん一目みんとぞただにいそげる

ははが目を一目《ひとめ》見んと急ぎたるわが額《ぬか》のへに汗いでにけり

灯《ともし》あかき都をいでてゆく姿《すがた》かりそめの旅と人見るらんか

上《かみ》の山《やま》の停車場に下り若《わか》くしていまは鰥夫《やもを》のおとうとを見たり

其の二

はるばると薬《くすり》をもちて来《こ》しわれを目守《まも》りたまへりわれは子《こ》なれば

死に近き母に添寝《そひね》のしんしんと遠田《とほだ》のかはづ天《てん》に聞《きこ》ゆる

桑の香の青くただよふ朝明《あさあけ》に堪《た》へがたければ母呼びにけり

母が目をしまし離《か》れ来て目守《まも》りたりあな悲しもよ蚕《かふこ》のねむり

我《わ》が母よ死にたまひゆく我《わ》が母よ我《わ》を生《う》まし乳足《ちた》らひし母よ

のど赤き玄鳥《つばくらめ》ふたつ屋梁《はり》にゐて足乳根《たらちね》の母は死にたまふなり
ひとり来て蚕《かふこ》のへやに立ちたれば我《わ》が寂しさは極《きは》まりにけり

其の三

おきな草口《くち》あかく咲く野の道に光ながれて我《われ》ら行きつも
わが母を焼かねばならぬ火を持てり天《あま》つ空《そら》には見るものもなし
星のゐる夜ぞらのもとに赤赤とははそはの母は燃えゆきにけり
灯を守《も》りてさ夜ふけぬれば弟は現身《うつしみ》のうたかなしく歌ふ
灰のなかに母をひろへり朝日子《あさひこ》ののぼるがなかに母をひろへり

其の四

ほのかなる通草《あけび》の花の散るやまに啼く山鳩のこゑの寂しさ
山かげに消《け》のこる雪のかなしさに笹かき分けて急ぐなりけり

遠天《をんてん》を流らふ雲にたまきはる命《いのち》は無しと云へばかなしき
山ゆゑに笹竹の子を食ひにけりははそはの母よははそはの母よ

こうして改めて読んでも、母との荘厳な別れが描き切られ、情感があふれ哀切です。しかし、どうでしょうか、この一連を読みつつ涙が流れてならないということはありましょうか。私にはない。慟哭がない。母恋いの、身を裂かれるような悲しみは感じられない、そう感じるのは私だけでしょうか。私は中学校三年の時に、胃癌で苦しみつつ逝った母を身近で見守ったせいか、「死にたまふ母」一連に流れる冷静さをいつも不思議に思ってきました。生者の強さのようなものさえ感じて来たのです。それは何でありましょうか。このごろ、年をとったお蔭で少し見えて来ています。死を見守ることは、生を意識することだということです。人の死を悼むことは自身の生をより強く思わなければならないことです。ましてや肉親の母の死は、哀切限りないことであると同時に、命を授かった者の当然として、より飛翔して生きなければならない。自ずから自身の命の厳粛を深く思うことになりましょう。「死にたまふ母」には、非情の現実を超える生者の冷静が一連をより際立たせていましょう。

その時、三十一歳の斎藤茂吉は、既に精神科の医師として、多くの死者を身近に見送って、人々の人生に思いをめぐらせ自ら描写しています。

隣室《りんしつ》に人は死ねどもひたぶるに箒《ははき》ぐさの実食ひたかりけり

生くるもの我のみならず現《うつ》し身の死にゆくを聞きつつ飯食《いひを》しにけり

うつしみは死しぬ此《かく》のごと吾《あ》は生きて夕《ゆふ》いひ食《を》しに帰りなむいま

自殺せし狂者《きやうじや》の棺《くわん》のうしろより眩暈《めまひ》して行けり道に入日《いりひ》あかく

など、こういう例は『赤光』には、多く見ることが出来ます。青年茂吉は同じ青春者より、はるかに多く人の死に対峙し、生きる者の厳粛を経験していたのです。その上で迎えた「死にたまふ母」ですから、追従を許さない挽歌になっているのです。

だから私は、母の臨終から葬儀が終わるまで十四日郷里に滞在している間に、「若《わか》くしていまは鰥《やも》夫《を》のおとうと」を伴って、青年茂吉が生者の遊びをしたとしても驚きません。

「いまごろ桜が咲いてゐる。表面の字を見てくれたまへ。これでもMacherinの字だよ。内證で僕の弟と来たのだ。母上の病気看護とMachenとHarmonieはどうだ」〈［他筆］照子やまがた〉（五月二十一日）という中村憲吉《なかむらけんきち》宛葉書が、森林《もりりん》太郎《たろう》宛の「母上の死につきまゐり居り候。蔵王山に雪ふり居り候　山麓には山桜が咲き居り候蚕は一眠を終り候　敬具」（五月二十八日）などと一緒に全集に残っていても、これが人間茂吉だと改めて思うのみです。

佐藤佐太郎の『童馬山房随聞』にも、「吹田氏が『斎藤君ひとつ君の〈キタ・セクスアリス〉を書くんだね。〈人麿〉も完成したしもう書いてもいいよ。〈人麿〉より愛読するね』というと、先生は『僕のはつまらない。鷗外は材料がすくないからいいんだ』と答えた。『君は鷗外より材料があるだろう』。『それは多いよ。子供がいるからね、子供が読んできたないおやじだと思うからこまる』。こういう話から、先生は『死にたまふ母』(『赤光』)のとき、山形市の遊郭に弟といっしょに行った話をされ、長崎時代のこと、ドイツ留学中のことなどを話された」(昭和十六年二月二十四日)という記事がありますから、先の書簡の内容は事実だということになります。死と生について茂吉は早くからこんな考えを持っていたわけです。

三、ドナウ源流行の歌

茂吉の滞欧随筆

斎藤茂吉の文章は、独自性のつよいところがあるから多少抵抗を感じる人もいるかも知れませんが、総じて面白く、ひきつけられて読めます。殊に随筆はみな面白い。実際に即し、正直な書き方だからついつい読者としても真剣に読むことになるのでしょうか。ドイツ、オーストリア留学中の経験をテーマにした滞欧随筆は、とりわけ楽しく読めます。斎藤茂吉はもしかしたら、小説を書く力を備えていたのではないかと思わせもします。

とにかく、私が旅と短歌に拘っているせいもあって、何度も読むことになって、いつかドナウ源流を見る旅をしてやろうなどとある時から夢想していたのです。平成十七年に遂にそれが実現し、三十名ほどの同志と共に、ドナウ川をさかのぼり、茂吉が尋ねた最終地、古都ドナウエッシンゲンに着いた時は深い感慨に浸ったものです。ドナウエッシンゲンは茂吉の生地山形県上山《かみのやま》市と姉妹都市提携をして交流を深めていますから、たまたまの訪問者であるわれわれをも喜んで迎えてくれたのでした。

さて、滞欧随筆「ドナウ源流行」はこんな書き出しで始まっております。

「この息《いき》もつかず流れてゐる大河《たいが》は、どのへんから出て来てゐるだらうかと思つたことが

ブリガッハ川とブレーゲ川との合流点。ここからドナウ河は始まる。（著者写）

ある。維也納《ウインナ》生れの碧眼《へきがん》の処女《しょぢょ》とふたりで旅をして、ふたりして此の大河の流《ながれ》を見てゐた時である。それは晩春の午後であつた。それから或る時は、この河の漫々たる濁流が国土を浸して、汎濫域の境線をも突破しようとしてゐる勢《いきほひ》を見に行つたことがある。それは初冬の午後であつただらうか。そのころ活動写真でもその実写があつて、濁流に流されて漂ひ著いた馬の死骸《しがい》に人だかりのしてゐるところなども見せた。その時も、この大河の源流は何処だらうかと僕は思つたのであつた」。

いかにも茂吉らしい書き出し、テーマの提起ぶりといえましょうか。この問題意識に従って、古都ドナウエッシンゲンまでの景観をつぶさに描きつつ、旅情をつづっているのがこの随筆「ドナウ源流行」です。同時に歌も作っていて、十六首の歌が残されています。

中空《なかぞら》の塔《たふ》にのぼればドウナウはしろくきらひて西よりながる　Ulm　『遍歴』

ドウナウの流《ながれ》をりをり見え来り川上《かはかみ》にゆくを感じつつ居り　同

Sigmaringen《シグマリンゲン》を過ぎてよりまどかなる月の光はドナウを照らす　同

Brigach《ブリガハ》とBreges《ブレーゲ》と平野《へいや》の河ふたつここに合《あ》ふこそ安《やす》らなりけれ　同

あひ合ひてドウナウとなるところ見つ水面《みのも》は白し日のかがやきに　同

ただ白くかがやき居れど二つ川相合《あひあ》ふ渦《うづ》を見すぐしかねつ　同

ゆたかなる水草《みづくさ》なびきこの川の鯉のむらがり怖《おそれ》さへなし　同

直岸《ただぎし》に来つつドナウに手をひたす白き反射《てりかへし》にわが眼まぼしく　同

ドナウエシンゲンに来てドウナウの水泡《みなわ》かたまり流るるも見つ　同

ドウナウの岸の葦《あし》むらまだ去らぬ雁《かり》のたむろも平安《やすらぎ》にして　同

黒林《こくりん》のなかに入りゆくドウナウはふかぶかとして波さへたたず　同

たづね来しドナウの河は山裾《やますそ》にみづがね色《いろ》に細りけるかも　同

なほほそきドナウの川のみなもとは暗黒《あんこく》の森《もり》にかくろひにけり　同

「暗黒の森」は樅の森です。

この川のみなもととなり山峡《やまかひ》のほそき激《たぎ》ちとならむとすらむ　『遍歴』

大き河ドナウの遠きみなもとを尋《と》めつつぞ来て谷のゆふぐれ　同

この歌は「ドナウ源泉」をのぞむ位置に歌の銅の銘版として山形県上山市との姉妹都市提携記念に建てられています。つまり、「いしぶみ」（碑）ではないので、私は苦心して「歌碑」という言葉を使わず一首作ってあります。

遠国に見をれば何がなし悲し銅版に茂吉の歌輝けど　秋葉四郎『蔵王』

というもので、そこに実際に立ったから、詠えた長所があるのではないでしょうか。

Brigachquelle《ブリガハクエルレ》尋《と》めむとおもひしがかすかなるこの縁《えにし》も棄てつ　『遍歴』

Brigachquelle（ブリガハクエルレ）はブリガッハ川の水源の意。私も尋ねてこの水源をみています。

さて、滞欧随筆「ドナウ源流行」に返るともう一つ気になることがあります。「維也納《ウインナ》生

茂吉の銅板歌碑

ドナウ源泉

ブリガハクエルレ（以上著者写）

れの碧眼《へきがん》の処女《しょぢょ》とふたりで旅をして」と言っているおとめのことです。若いころは私も今より気になって書簡・手帳などを調べたりしましたが、はっきりしない。手帳には二人分の切符を購入した記録が残っていて、連れのあったことは確かです。しかし、つまらない詮索はする必要がなく、書いてある通りのことだけを受けとめればよいことだとこのごろはしみじみ思っております。

同じ随筆に「探卵患」という妙な題の付いた随筆があって、おそらく同じおとめと思われる人物が登場します。「探卵患」は漢和辞典には「たんらんのうれい」と読み、「親鳥の留守の間に巣から卵をとられる心配。転じて、自己の拠り所を襲われる虞れ。内幕を見抜かれる恐れ」とあります。しかし、随筆の内容との関係は今一つピンとこないところが私にはあるのです。

それはともかくとして「おとめ」は次のように書かれております。

「いまはあたかもその Gesäuse《ゲゾイゼ》 の朝である。僕は維也納うまれの碧眼明色の娘と、しぼり立ての牛の乳を飲み、二人はたいへん仲好くなつてゐるのであつた。静かな気持で窓外を見ると、いまだ日光のささぬ雪の面を風が通り過ぎてをりをり粉雪を飛ばしてゐる。

ふたりはきのふの早朝に維也納を立つてここへ来たのである。Donau《ドーナウ》 の流はところどころで見ることが出来た。沿岸一帯は冬枯の景色で、畑も野も一いろに見えてゐる。そこに数百の鴉の群れてゐるところなどもあつた。

（略）瞼《まなぶた》の重くなつたころ、向うの部屋で娘の啑するのが二つばかり聞こえた。まだ眠らずにゐるのかなどとおもつてゐるうちに、いつのまにか僕も眠りに落ちた。

今朝は新鮮な気持で目をあいた。僕は忽ち口を灑ぎ、鬚を剃り、洋服を著てしまつて娘の部屋に行つた。部屋はいまだ錠前が下りてゐる。僕は戸を叩いて音なふ合図をした。

滞欧中の斎藤茂吉（斎藤茂吉記念館蔵）

『ちよいと待つて頂戴』清いこゑで中から娘のこゑがした。

『一寸あけて呉れ。僕だよ』

『ちよいと待つて頂戴』

『一寸あけて呉れ。大切なんだから』中で笑ふこゑがして、戸が開いた。娘は上半身裸形である。

『いやな方ね。そんなにせつかちで、あたしお化粧ちゆうよ』

『何かまはん。僕は欧羅巴人のお化粧を

見るのだからその儘やれ』娘はToiletteといふ語を使つた。『失礼してよ』とか、『それでも見てゐられるとをかしいわね』などといつて娘は体を洗つてゐる。寒冷な水を瀬戸の盥に入れ、石鹼を過剰なほどつけて、顔から、頸、胸、両の手を洗ひ、すつかり拭いてしまつた。そして上著を著た。これから下半身に及ぶのである。（略）『もうごらんになつちやこまるわ』こんなことを娘は云つた」。

どう見ても小説の一場面で、茂吉がこういう散文を意識して書いていることは茂吉を理解する上で重要なポイントの一つです。滞欧随筆はそんなことを思わせるのではないでしょうか。奇しくも小説家の芥川龍之介は茂吉宛書簡の中で、ドナウの随筆を高く評価しております。

ドウナウかドナウか

五年前茂吉をしのんで「ドナウ源流行」をたどる旅をして改めて驚いたのですが、茂吉は、歌の中で、「ドウナウ」と言い「ドナウ」と言っています。既に歌はあげておりますように、

中空《なかぞら》の塔《たふ》にのぼればドウナウは白くきらひて西よりながる　Ulm　『遍歴』

黒林《こくりん》のなかに入りゆくドウナウはふかぶかとして波さへたたず　『遍歴』

などが「ドウナウ」の例です。

なほほそきドナウの川のみなもとは暗黒《あんこく》の森《もり》にかくろひにけり　『遍歴』

大き河ドナウの遠きみなもとを尋《と》めつつぞ来て谷のゆふぐれ　同

が「ドナウ」の例です。いったいひとつの川を表現する固有名詞を「ドウナウ」と言い「ドナウ」というのをどう受け止めたらよいのでしょうか。

幸い私は現地を旅しましたから、ミュンヘンの人たちに折りあるごとに聞いてみました。どうやらミュンヘンは日本で言えば方言で会話がなされる地域になるらしいのですが、そこで暮らす人たちの発音によれば、全く別の音調に私には聞こえます。要するに「ドウナウ」でも「ドナウ」でもない。確かなことは「ド」にアクセントがくることです。ドイツ語の発音は複雑で、日本語のカタカナ表記はできない要素が多々あるようです（だから森鷗外も、茂吉もドイツ語そのもので表記したのでしょう）。しかもドイツではいわゆる「方言」という区別は一切せず、全て正当なドイツ語とする言語観に立っていますから、余計多岐にわたる発音が成立するようです。身近な『マルチアクセス独和辞典』によれば「Donauードーナオ」とあります。このドーナオを現地の人の微妙なアクセントで聞くと私たちが抱く「ドナウ」のイメージはわいて来ない。世界各地で講演活動等をしている友人がミュンヘンに行くというので、改めて聞いてもらうと「ドウ」にアクセントがあってドウナツの「ドウ」、「ドウナウ」だと言います。

茂吉はそんなことは十分に承知してか、あるいは自分で受け止めた感覚で歌い、言語の生きた姿として、一首の歌の響きの中で「ドウナウ」を使い「ドナウ」を使っているのでしょうか。細部にこだわらず豪放に響くことは間違いのないところです。英語圏ではその「ドナウ川」を「ダニューブ川」と呼んでいることを思えば、一つに限定しなければならない根拠は薄いようにも思えます。因みに歌集『遠遊』には、「ドウナウ下航」があり、歌集『遍歴』には「ドウナウ源流行」があります。随筆の方は「ドナウ源流行」であり、私には愉快でならないところです（初版歌集『遍歴』の「ドウナウ源流行」は、全集では「ドナウ源流行」に改められています。そのいきさつは説明はされていません）。

他の例もあります。茂吉のふるさとの蔵王連峯、茂吉が生涯敬いつつ仰いだ山ですが、その山を茂吉はあるときは、蔵王《ざおう》（歴史的仮名遣いでは「蔵王《ざわう》」）と詠い、あるときは蔵王《ぞうおう》（文語では「蔵王《ざうわう》」）と詠っているのです。

陸奥《みちのく》をふたわけざまに聳《そび》えたまふ蔵王《ざわう》の山《やま》の雲の中に立つ　『白桃』

空《そら》とほく時《とき》は運《めぐ》りてみちのくの蔵王《ざわう》の山の雪きえむとす　『小園』

ひむがしに直《ただ》にい向ふ岡にのぼり蔵王《ざわう》の山を目守《まも》りてくだる　同

すでにして蔵王《ざわう》の山の真白《ましろ》きを心だらひにふりさけむとす　同

これらがごく一般的に使っている「蔵王《ざおう》」の例です。ところが同じ山を茂吉は「蔵王《ぞうおう》」とも詠っております。

いただきはその一夜《ひとよ》に白くなり五月五日《ごぐわついつか》の蔵王《ざうわう》の山《やま》　『小園』

夏されば雪消《け》わたりて高高《たかだか》とあかがねいろの蔵王《ざうわう》の山《やま》　同

金瓶《かなかめ》の木原《きはら》いで入る人見えて蔵王《ざうわう》白くかがやきわたる　同

大石田いでて上ノ山に一夜《ひとよ》寝つ蔵王《ざうわう》の山《やま》いまだ白きに　『白き山』

これが茂吉の言語感覚による世界というのでしょうか。こうして短歌の独自な声調をも大事にしたのでしょう。
もうひとつ例をあげることが出来ます。

ハルピンの公園来れば楡《にれ》の葉の青くすがれて残る幾ひら　『連山』

ハルピンより二十里《にじふり》北《きた》に屯《たむろ》すといふみじかき文《ふみ》も身に沁《し》みにけり　『石泉』

これらの「ハルピン」は固有名詞としては「ハルビン」が正しいらしいのですが、茂吉は頑として「ハルピン」を主張している柴生田《しぼうた》稔《みのる》宛の書簡が残って居ります。

「ハルピンは原稿どほりに願上ます。(ハルビンで無く) 只今としては原稿に従つていただくほかありませんから左様願上ます。原稿があまりヒドイ誤ありましたならば御訂正願上げますが、さうでないものは原稿に従つていただきたいのです。岩波の校正氏はハルビンとしたらしいがハルピンとして下さい。本来「歌」の原稿で「発音」試験ではありませんから、原稿に據るやうに岩波の校正氏に警告を与へて下さいませんか」(昭和二十五年九月十六日)。

なるほど歌の用語は『発音』試験ではない。「ドウナウ」も「ドナウ」も「蔵王《ざわう》」も「蔵王《ざうわう》」もそういうことでありましょうか。

実生活上の茂吉はかなり神経が過敏で、ものに拘るようなところも在ったようです。しかし、一番身近にいた門人の佐藤佐太郎は「先生は礼儀正しい人であったがそれにもかかわらず、一言にしていえば傍若無人に生きた人であった」（『茂吉解説』）と言っていますから、作歌の上でも用語の上でも当然傍若無人、豪放であったのでありましょう。本質に根ざした無法無師の境涯に在ったことがうかがえます。

四、茂吉の声

例えば私のように斎藤茂吉という歌人に会ったことの無い世代の歌人が、その歌や歌論に共感して熱心に読むとき、茂吉の声に関するようなことが書かれていると非常に親しい思いを抱きます。絶対に会うことのあり得ない、ゲーテや藤原定家《ふじわらのていか》のような人の存在でも、日記等に出てくる声さながらの告白などは妙に人間性を感じさせます。私はいつよりとなく、斎藤茂吉の声に強い関心を寄せております。

自ら書き残している声のこと

斎藤茂吉という人は、言葉の訛とか方言の抜けない人だったようですが、それで特段困るということはなかったし、むしろ郷土の香を折にふれて放つような生き方を誇りにしていたのではないでしょうか。少なくとも生まれ育った故郷の言葉のひびきを好んでいたように思えます。言葉に徹頭徹尾こだわる歌人として、それはごく自然なことであったのではないでしょうか。

自分の朗読の発音を人が笑っても、「ずうずう弁で私の生は終はることになる」という態度は変わらなかった。これは抒情歌人にして言語芸術家斎藤茂吉の大きな姿の一つであると思います。自ら

「私が東京に来て、連れて来た父がまだ家郷に帰らぬうちから、私は東京語の幾つかを教はつた。醬油のことをムラサキといふ。餅のことをオカチンといふ。雪隠《せっちん》のことをハバカリといふ。さういふことを私は素直に受納れて今後東京弁を心掛けようと努めたのであつた。

私が開成中学校に入学して、その時の漢文は日本外史であつたから、当てられると私は苦もなく読んで除ける。日本外史などは既に郷里で一とほり読んで来てゐるから、ほかの生徒が難渋してゐるのを見ると寧ろをかしいくらゐであつた。然るに私が日本外史を読むと皆で一度に笑ふ。先生は磯部武者五郎といふ先生であつたがお腹をかかへて笑ふ。私は何のために笑はれるかちつとも分らぬが、これは私の素読は抑揚頓挫ないモノトーンなものに加ふるに余り早過ぎて分らぬといふためであつた。爾来四十年いくら東京弁にならうとしても東京弁になり得ず、鼻にかかるずうずう弁で私の生は終はることになる」(「三筋町界隈」)

と書いているとおりです。そんな茂吉ですから、ゴシップ記事にもなります。しかし茂吉は平然としています。

「僕には関西の言葉がどうしても覚えられないが、僕らの東北弁でも旨く記載するのはむづかしいと見えて、いつぞや僕の事がゴシップに載つてゐたのが次のやうなものであつた。さる日、某雑誌記者が名流人士の書斎めぐりといふのをやつたが、先づ見当を付けて訪れたのが青山の脳病院々長……といふよりは歌人として有名な斎藤茂吉、来意を聞くと、言下に目を白黒させ、『わたくスに立派な書斎は有りましねぇ』と郷里山形の訛をそのまま、専ら謙遜これ努めたが、その『有りましねぇ』を『有りますねぇ』と聞き違へた記者クン、『それぢや何ぅぞどうぞ』に茂吉先生ビックリ『有りましねぇ、ありましねぇ』と繰返しつつ暫し押問答を続けたといふことだが、一時は傍らの書生連中、新手の患者がやつて来たワイと考へた程、珍風景だつたとのこと……

この中の『有りましねぇ』といふのは、信州弁であつて山形弁では無い」（『童馬山房夜話』「方言」）。

こうして内心は、煮えくりかえるような怒りを感じているかもしれないが、茂吉は平気です。

郷里山形県が「ズーズー弁退治」などという運動を始めるといち早く関心を寄せるが、本質を忘れないようにいましめて発言しています。

「私の郷里の山形県公私立学校の校長会議では、五ヶ年計画でズーズー駆逐をやることを決議し、既にポスターまで配布したさうである。

つまり標準語になるわけで、私などが少年のころ使つた言葉は、方言集などで見ることが出来るだけのものになつてしまふであらう。

私が少年のころ、小学校に入ると先づ読書入門といふのを教はつた。その中に、『アメハレテ、ニジタツ』といふのがあつた。然るに、私の祖母だの、母だのは、『虹』のことを、『のず』と云つてゐたものである。その『のず』も段々減つてゐるだらうし、小学校の教育を受けたものは、皆『にじ』と云つてゐることとおもへる。つまり『のず』といふ語は滅びつつあるのである。

私もズーズー弁で、これを上等とはどうしても思へないから、駆逐することは別に反対ではないが、標準語にするにしても、そのまへに、ズーズー語を蓄音機のやうなものに取つて保存すべきであり、又は方言集のくはしいのを作つておく方がいいやうにおもへる。それには、訛つて来た径路、その語源のやうなものを委しく調べる必要もあるわけである」（『童馬山房夜話』116）。

何年東京にいても「私もズーズー弁で」と言い切るところに、斎藤茂吉の強さと生き方が出ているといってよいでしょう。

書き残されている声

郷里山形県大石田疎開中の板垣家子夫《いたがきかねお》氏の『斎藤茂吉随行記』は、生き生きとその言動を伝え、茂吉が「笑」のある疎開生活をしていたことを偲ばせて、実に面白くユニークです。斎藤茂吉の郷土山形での声があざやかに再現されています。昭和二十年の十一月十九日の記事。朝食が済むと、

「『これから絵を画くっす。今日こそ出藍を出かしてみせるっす。』

明るく、少し弾んだように言う。

『それでは師匠の紙を又盗むがっす。』

『ほだ、ほだ、君と俺が盗むんでは、師匠は訴えたりすねからなっす。』

全く他愛ないことで笑いが湧く。妻だけは加藤氏に同情して、

『加藤先生ばり災難だべちゃっす。』

『奥さん、本当だっす。師匠ばかり災難だっす。それでも出藍が出ると、師匠は威張れっがらなっす。』

と、甚だ愉快そうだ。私は準備をした。小用に立ったと思った先生が、ちょっと手間取るので私も裏に出てみると、川岸の石段を上って来た。手に豌豆の蘖を持っている。

『手初めに、これを描くっす。』

そういえば、昨夜休まれるとき、描かれた石を寝たまま見られる近くに置いていた。言われたように豌豆から描く。丹念に観察しては描き、一線を描いては観る。細かいところは、左手に持ってよく観直して描く。一時間余りも要したろうか。実にすっきりした和らかな感じの絵が出来上った。

『出藍が出来たが、どうも師匠に見せると落第なっす。』

『いや先生、師匠よりも私の方で優等生の待遇にするから。』

『ほだがっす。では及第としておくか。』

愉快に笑って
『師匠が落第にしたら、弟子の方で師匠を破門にすることにすっがっす。』

こんな冗談も出る位だったから、この絵は先生自身も満足な出来らしい。」(『斎藤茂吉随行記』より)。

冗談なども多く出て、疎開者茂吉が楽しそうに過ごしているところが、現地に溶け込んだ会話にあらわれ、生き生きと伝わっています。貴重な記録ですし、茂吉が山形弁を大切にし、周囲の人たちを重んじていたことが察しられるのです。この豌豆の蘖《ひこばえ》の絵は軽いトレーニングで、次に茂吉は無生物の石の絵に取りかかります。


「そんなことを言いながらも、石を置き換えて見たりして、いろいろ工夫していた。昨日の失敗があるから、今度はなかなか慎重であり、心持緊張もされていたようだ。ときどき『ウーン』とひとりうなずいてみたりしていたが、ようやく筆をとって描き出した。側で見ている私たちも黙っているほど、真剣な先生の気迫が感じられた。よほど出来上がったころだった。(中略、黒田清輝に師事した芸大出の洋画家の金山平三氏がくる。同じく大石田に滞在中であった)。

『斎藤さん、何してるか。』

『ああ、これぁ金山先生、どうも。』

『なんだ。斎藤さん、あんた絵を描いてるのか。』

『いやこれはどうも。先生、石ぁむずかしいなっす。なずい描けばいいか、一つ教えてけらっしゃいっす。』

『何、石。あかん、あかん。石なんて、そんなものを描くなんて、一体素人の癖に、斎藤さん、あんた生意気だよ。』

『はあ、ほだがッす。先生。』

『そうだよ、斎藤さん。石は玄人にもむずかしいものなんだよ。林檎のようなものでも描きなさい。私たちの仲間も旅行してる時、画帖なんか出されることがあると、そういうものを描いて済ますんだよ。』

『ほだがっす。やっぱり、ここんところの影の具合がむずかしくて。先生、教えてけらっしゃいっす。』

『駄目、駄目。斎藤さん、林檎でも描きなさい。』（『斎藤茂吉随行記』より）

長い引用になったが、日本芸術院会員でもあった洋画家、金山平三との会話が実にユニークであり、神戸市出身の金山画伯が「あかん、あかん。」などと言いつつ、比較的標準的な言葉で話すのに対して、斎藤茂吉は東京言葉を忘れたかのように山形弁に徹しているのが何とも不思議に響きます。斎藤茂吉が郷土の言葉に強い愛着を持っていたということがこのようなところに出ているように思えるのです。

斎藤茂吉の身辺に多く在った佐藤佐太郎もその著書『童馬山房随聞』『斎藤茂吉言行』（岩波書店『佐藤佐太郎集』では併せて『茂吉随聞』としています）の中で、茂吉の山形弁を伝えています。昭和十六年五月の記事。ある日の茂吉家からの帰りがけ「『ニホンシが手にはいったからそのうちわけます』といわれた。はじめ紙のことかと思ったら、これは酒のことであった」と述べています。

また、昭和二十二年十二月十六日の記事、「今日先生は談話の中で『○○だべし』（方言）ということばを一回使われた。大石田のなごりである」などと書き残されております。

究極のリベラリスト、ヒューマニストと思える斎藤茂吉、言語の芸術家斎藤茂吉が、自身の生地の言葉を忌避することなく、自然のままに使っていたことは、何か私には心楽しい。『万葉集』にも方言の歌があるが、言語の本質からして、自然なことでありましょう。

作品になっている音声

斎藤茂吉は滞欧時代、西洋絵画を非常な熱心さで見ていました。ゴッホでもブリューゲルでも、極めて真剣な出会いだったということが出来ます。しかるに同じような出会いがあってもしかるべきだと思える音楽には、全く関心がなかったように思えます。手帳などを丁寧に見返しても音楽会にわざわざ出向くということはなかったようです。牧場の自然の音、大河の季節の音には敏感でありましたが、相当に進んでいたであろうウィーンの音楽も、ベートーベンの国ドイツでも、音楽の洗礼を受けなかったのは不思議です。

もっとも「モイシイ」という随筆には

「私が墺太利の維也納に留学中、吹田順助氏が、やはり専門の独逸文学者等と共に維也納に来られた。そのとき私は吹田氏等に連れられて或る小劇場にモイシイを観に行つたことがある。

私等はじめ医学の方の留学生は、大概毎日業房に通って為事を続けるので、オペラを聞いたり芝居を観たりするのは先づ従属的な生活といふことになつてゐる。然るに文科の方の留学生は直接人間に接触したり芝居を観たりすることの方が主な為事であるから、その観方も専門的に精細に鍛えあげられてゐる。

そこで吹田氏等は私にいろいろの事を教へて呉れた」。

とあるから、医学研究の多忙がかかわっていたのかもしれません。

聴覚の働いた優れた作品が少なくないから、茂吉の音感が劣っていたとはとても思えません。むしろ茂吉は音に敏感に反応して多くの秀歌を残しております。

はるかなる国とおもふに狭間《はざま》には木精《こだま》おこしてゐる童子《どうじ》あり　『遍歴』

「ミュンヘン漫吟」の中にある一首。子供の行為に世界共通のものを感じているところです。人の声だから特に親しいのでありましょう。

弟《おとうと》と相むかひゐてものを言ふ互《かたみ》のこゑは父母《ちちはは》のこゑ　『白桃』

これも人の声の親しさです。弟と話していて、父母の声を思うのはありふれていないし、作者の音声に対する感覚を思わせましょう。

隣り間に噦《しやくり》して居《ゐ》るをとめごよ汝《な》が父親《ちちおや》はそれを聞き居《ゐ》る　『小園』

声に近い娘の「噦」です。特別な感慨を抱くのは父親の思いというものです。

たたかひの終末《しゆうまつ》ちかくこの村に鳴りひびきたる鐘をわすれず　『小園』

戦時下の音。郷里に疎開中に聞いた音です。機敏だと言えましょう。

二つ居りて啼くこゑきけば相呼《あひよ》ばふ鳥《とり》が音《ね》かなし山の月夜《つくよ》に　『ともしび』

「三峯山上」五首中の一首、「月よみの光くまなき山中《やまなか》に仏法僧《ぶつぽふそう》といふ鳥啼けり」という作もあるから、仏法僧の声でありましょうか。相呼ぶところが雰囲気を捉えていますし、茂吉の音に関する感覚は非凡であったと言えましょう。

この山にとらつぐみといふ夜鳥《よとり》啼くを聞きつつをればわれはねむりぬ　『つきかげ』

「とらつぐみ」は「ヌエ」とも呼ばれ、夜さびしい声で啼くといわれています。箱根の山荘でひとり聞いているわけで、この鳥の声に特別親しみをもっていたことを思わせます。「さ夜ふけて慈悲心鳥のこゑ聞けば光にむかふこゑならなくに」（『ともしび』）という作もあって、「慈悲心鳥」は「十一」の別称ですが、これも夜の声を聞いたのでしょう。作者の趣向が感じられます。

このごろの電子辞書の中にはこうした鳥の声を聞くことのできるものがありますから、鑑賞に便利になっています。

夜をこめて未《いま》だも暗《くら》き雪のうへ風すぐるおとひとたび聞こゆ　『白き山』

夜の暗い雪上を過ぎて行く風音。厳粛な自然のひびきです。

松花江《スンガリイ》の空《そら》にひびかふ音を聞く氷《こほ》らむとして流るる音を　『連山』

川が凍らんとする音、厳しくも身に沁みるものです。

しづけさは斬くのごときか冬の夜のわれをめぐれる空気の音す　『白き山』

身辺にはさまざまな音がありますが、遂に空気の音も捉えて一首にしています。

茫々としたるこころの中にゐてゆくへも知らぬ遠《とほ》のこがらし　『つきかげ』

最晩年で、意識がもうろうとするようになってからの作です。「ゆくへも知らぬ遠《とほ》のこがらし」はかつて故郷で聞いた音でしょうか。いずれにしても幻の音であるのは、何とも悲しいことではありませんか。

こうした作品のほかに、「にいにい蟬論争」とか「仏法僧鳥論争」とか、茂吉にはよく知られている論争があり、それが音にかかわることであったことは、茂吉という歌人の音感にかかわっていたのでしょうか。

たとえば、斎藤茂吉と片上伸《かたかみのぶる》との間にあった仏法僧鳥論争というのは、茂吉が高野山で聞いた仏法僧鳥の鳴き声を「cha-cha-cha」と表現したのに対して、片上は「Bupposo」となくと表現して論争となったものです。今日なら電子辞書の力を借りて簡単に解決してしまうことです。しかし斎藤茂吉は「声」に殊更拘ったのです。

それでいて遂に歌人茂吉は、音楽とはかかわりがなかったのは、不思議といえば不思議です。

今でも聞くことが出来る茂吉の声

実は今日、市井人として斎藤茂吉の声を聞くことが出来るのです。例えばNHKのアーカイブスのようなところには貴重なものが保存されていましょうが、それとは別にわれわれが気軽に購入し得るもので、岡野弘彦《おかのひろひこ》氏ら監修の『現代短歌朗読集成』(同朋会メディアプラン)CD全4巻があります。近現代の歌人五十二人の朗読が収められ、昭和十三年にレコード化された斎藤茂吉の声も復元、収録されているわけです。音声化されているのは次の作品九首で、耳から聞いて理解されやすい作品が選ばれているように思います。

ゆふされば大根《だいこん》の葉《は》にふる時雨《しぐれ》いたく寂《さび》しく降《ふ》りにけるかも　『あらたま』

朝《あさ》あけて船《ふね》より鳴《な》れる太笛《ふとぶえ》のこだまはながし並《な》みよろふ山《やま》　同

草《くさ》づたふ朝《あさ》の蛍《ほたる》よみじかかるわれのいのちを死《し》なしむなゆめ　同

うごきゐし夜《よる》のしら雲の無くなりて高野《たかの》の山《やま》に月てりわたる　『ともしび』

寒水《さむみづ》に幾千《いくせん》といふ鯉《こひ》の子《こ》のひそむを見つつ心なごまむ　同

むかうより瀬のしらなみの激《たぎ》ちくる天竜川《てんりゆうがは》におりたちにけり　同

松かぜのおと聞くときはいにしへの聖《ひじり》のごとくわれは寂《さび》しむ　『たかはら』

石亀《いしがめ》の生める卵をくちなはが待ちわびながら呑むとこそ聞け　同

ガレージへトラックひとつ入らむとす少したらめひ入りて行きたり　『暁紅』

意外に、やさしく穏やかな声で朗読し、多少の訛も、贔屓《ひいき》耳の私などにはむしろ親しく感じられます。

少なくとも、「声」を知ることによって、その作者により近づき、作品に深く入って行くことが出来るように私には思えるのです。

五、茂吉の短歌写生論

『短歌写生の説』と『短歌初学門』

斎藤茂吉は歌集『赤光』をもって歌壇内外から、迎えられ、たちまち歌人として一家をなしています。一家である以上それを支える一家言が求められるのは当然で、斎藤茂吉は正岡《まさおか》子規《しき》の作品とその歌論を発展させて、「短歌写生の説」という一家言を打ちたてました。

優れた実作者はおのずから一つの基準をもちます。『万葉集』を編集したといわれる大伴《おおともの》家持《やかもち》にも優れた見識があったから二十巻の大アンソロジーが今日に伝わっているのです。『古今和歌集』の紀貫之《きのつらゆき》にも、『新古今和歌集』の藤原定家《ふじわらのていか》にも、時代をリードする規準、即ち歌論があったからあれだけの大きな事業が出来たのです。

明治時代になって、短歌が革新され、国民のさまざまな階層の人が生き生きとした歌を作るようになりました。そして自ずから、主張が生まれ、即ち歌論となって、浪漫派とか写実派とか理想派とか、いくつかの流れが出来て今日に続いているわけです。

大正二年、北原白秋《きたはらはくしゅう》の『桐の花』という歌集が出、斎藤茂吉の『赤光』も同じ書肆《しょし》から出ます。それぞれ注目されたわけですが、白秋の『桐の花』には、作品と共に随筆風の歌論がありました。短歌を耽美的に、フランス印象派風に捉えようとしています。その作品とエッセー的歌論とが、自転車の両輪のように展開する形に斎藤茂吉が刺激を受けたとしても少しも不思議ではありません。

その影響があったかどうかは解りませんが、大正九年四月から、「短歌に於ける写生の説」を「アララギ」に連載をはじめ、茂吉は歌論を確かなものにしてゆくのです。

それが一冊の本となって世間に出るのは昭和四年四月で、鉄塔書院から『短歌写生の説』という書名にて刊行されております。昭和二十二年十月には永言社版の同書も刊行されております。

永言社版『短歌写生の説』（著者蔵）

こうして斎藤茂吉の歌論、一家言はこれによって論じられるようになります。当然それで良いわけですが、実は茂吉の「短歌写生論」はその後も書き継がれて『短歌初学門』ともなっております。

つまり、歌人茂吉の「短歌写生論」を論ずるには『短歌写生の説』と『短歌初学門』との両方を見て初

め て 全貌が見えてくるものです。ところが、誠に残念なことに後者の『短歌初学門』は単行本として世に出ることはありませんでした。昭和二十七年に刊行が始まった、岩波書店の『斎藤茂吉全集』によって初めて世間に出たのです。そのためにこれを読まずに茂吉の「短歌写生論」が論じられることが少なくありません。

「短歌写生論」はもう古いとか、過去のものだなどという批判もありますが、そういう論者が殆どこの両著を併せ読むということをしていない。『短歌写生の説』の結論だけをあげて論じている例を私はしばしば見ております。

この両著、『短歌写生の説』と『短歌初学門』との関係を解り易く言えば、共通して一家言として「短歌の写生」を論じており、前著は主として東洋画論など、東洋の文献から論拠を求めて短歌の「写生」を論じているものです。対して後著は、ドイツを中心とした西洋の文献を論拠に「写生」を論じております。したがって両著を併せ読んで、初めて斎藤茂吉の一家言「短歌写生論」は理解されるものです。

茂吉は「写生」という言葉の上に必ず「短歌」という言葉をつけております。おそらく「絵画」あるいは「俳句」とは微妙に違うということを意識していたのだと私は思っております。

いずれにしても、歌人茂吉を理解し、論ずるにはこの「短歌写生論」を正確に理解しておくことが求められるわけです。

『短歌写生の説』の要点

そこで、斎藤茂吉の歌論「短歌写生論」を極めてシンプルに要約して皆さんに理解しておいていただこうと思います。茂吉は結論として**実相に観入して自然・自己一元の生を写す。これが短歌上の写生である。**ということを言いました。これを心の据え方、作歌態度として、全力投入的に茂吉は生涯歌を作ったのです。

この結論を得て、この一家言を説得力のあるものとするため、「東洋画論の用語例」、「正岡子規の用語例」を徹底的に検証しています。

まず「東洋画論の用語例」では次のようなものが取り上げられています。

「日本の「生写《しやううつし》」は、人物写肖の場合に限られてゐるかといふに、本居宣長の玉勝間の文章に示すやうに、何でも『まことの物のやうをよく見てまねびかく』ことに用ゐてある」。

「生写」つまり「写生」ということですが、人物の場合だけではなく、あらゆるものが対象になるというのです。茂吉はこうした先人の言葉に力を得て、立論して行ったのでしょう。

「詩人の咏物、画家の写生は同一機軸なり。形似は稍易く、伝神は甚だ難し。（中略）故に宋人写生を論じて曰く、其の形を写すは、必ず其の神《たましひ》を伝へ、其の神を伝ふるは必ず其の心を写す。否《しか》らざれば、則ち君子小人貌《かたち》同じく心異に、貴賤忠悪、奚《なに》によりて別たん。形は似たりと雖何の益かある。故に曰く、心を写すこと惟れ難しと。是なり。近医古方を論じて曰く、万病一毒と、画も亦一毒あり。曰く、書を読まず」。

「写生」の用語例です。画論と文芸論とが同一機軸だというところには特に思うところがあったはずです。

「竹洞は写生の妙諦を説いて、『無くて協はぬところ』といふ句を用ゐた。いったい、『無くて協はぬところ』とは何んであるか。云はずとも知れた、神《しん》である。たましひである。いのちである。すなわち聖書の『無くてかなふまじきもの』である。画論に於ける『写生』の語義は、あまたの歳月を経来つて、ここに安定の基を作つたとして好い」。

これによって、東洋画論中の用語例の「核心」を捉えたと茂吉は思ったのです。
次に、正岡子規の用語例ではどんなところが注目されているでありましょうか。

「画家の用語であつた『写生』を引移して、文芸上の用語となした有力者の一人に正岡子規がゐる。子規をその唯一人とは云はない。『今の世に写生といふことの行はるるは、種々の益ある事なり。その益の一つに数ふべきは、審美といふ道の沈滞壅塞《ようそく》の状をなしたるが、ここに漸く流動開通の勢を現はし来れることとなるべし』（森鷗外《もりおうがい》。審美新説。明治三十三年九月）などの文章もあるからである」。

文芸上実質的な「写生」の実行が子規だけではないとするのは、歌論を打ち立てる茂吉にとっては心強いことであったでしょうし、立論の必然性も感じ得ることでもあったはずです。その上で子規の用語例をつぎつぎにあげております。

「実際の有のままを写すを仮に写実といふ。又写生ともいふ。写生は画家の語を借りたるなり。又は虚叙（前に概叙といへるに同じ）といふに対して実叙ともいふべきか。更に詳にいはば虚叙は抽象的叙述といふべく、実叙は具象的叙述といひて可ならむ。要するに虚叙（抽象的）は人の理性に訴ふる事多く、実叙（具象的）は殆ど全く人の感情に訴ふるものなり（下略）」。

「写生」と「写実」を区別していないところは正岡子規の写生論は不徹底だと言えます。茂吉はそのあたりに触れてずばり言っています。

「『実際を有のままに写すを仮に写生といふ』と子規はいふ。この実相に縁つて表現するといふ点は、支那画論の『写生』と相通ずる。しかし、『有の儘』に重きを置いて、『多少の取捨選択』ぐらゐにとどめたのは、支那画論で論じたやうに、写神、写心、すなはち直ちに実相の核心に参入するやうな深い解釈とは少し違ふ」。

茂吉の言う「写生」は「実相の核心に参入する」ところにあるというのです。

その「実相に即してその生命を握まんとする」例として、明治三十二年四月二十五日、門人の若い鋳金家香取秀眞《かとりほつま》に贈った、正岡子規の歌も茂吉は取りあげています。

青丹よし奈良の仏《ほとけ》もうまけれど写生にますはあらじとぞ思ふ　**正岡子規**

天平のひだ鎌倉のひだにあらで写生のひだにもはらよるべし　同

飴売のひだは誠《まこと》のひだならず誠のひだが美《び》の多きひだ　同

人の衣に仏のひだをつけんことは竹に桜をつげらんが如し　同

第一に線の配合その次も又その次も写生写生なり　同

実際は書簡で送ったものですが、相手が鋳金芸術の作者だということもあって、具体的であり説得力もあります。

「子規は『理想』を浅薄だと言ってゐる。それは『理想』の作と銘を打つてある当時の作物に就いて評してゐるのであつて、子規だからといつて、真の意味の『理想』を否定してはゐない。そこで、『非常なる偉人の理想』は否定せないことを明言してゐるのである。ロダンの語を連想したついでも、も一つ連想しておく。『修正！　修飾！』かういふ偏見から理想派が出て来るのです。私まで、世人は理想家の仲間に入れてゐました。世人の考へる処では、私は何かしらぬ異常なもの、夢幻、文学的彫刻、つまり外の人達の想像の中にしか存在しないやうな理想を求めてゐたといふのです。私は勝手に言はせて置きました。

議論で自分の時間をつぶせなかったのです。私はむしろ、古代人のやかに、写実家です』『面と肉づけと、此が土台です。其処に理想主義などはありません』。（高村光太郎《たかむらこうたろう》氏の訳に拠る）子規の理想ぎらひと何処かに語気の似た点があるとおもふ」。

いわゆる「写生論」以外の歌論、「浪漫」「理想」等に対して、茂吉が広く受け止めていることが理解されましょう。しかし茂吉は、根源にはロダンの言葉に代表される、強い歌風を短歌に求め、そのために「写生」を必要としたのです。

更に茂吉は「写生の異説抄記」として八例をあげて自説を擁護しています。

（一）「伊藤左千夫の写生説」。「全体写生といふことは絵画などに使ふ詞で、一般の場合には是非写生的と云はねばならぬ」云々について、「写生」の語義を知っていないから、批評する価値がないと否定。

（二）「歌に叙景だの写生だのは無い」（与謝野晶子《よさのあきこ》）についても、左千夫同様の理由で否定。

（三）「啓蒙運動としての写生」（半田良平《はんだりょうへい》「国民文学」大正七年二月）。「写生」の概念を世俗一般と同じにとっているという理由にて批判。

（四）「写生に就て」（半田良平「国民文学」大正七年四月）。島木赤彦《しまきあかひこ》の「写生論」は序論にすぎないとするもの。茂吉のコメントはない。

（五）「写生異説」（中山雅吉《なかやままさよし》「珊瑚礁」大正七年四月。）絵画の写生と短歌の写生と混同していると批判。

（六）「写生の語義」（中山雅吉「珊瑚礁」大正七年八月）。「写生」の語義について、立論している茂吉らの説に従うべきだとして、否定。

（七）「主観の内容を充実せよ」（橋田東聲《はしだとうせい》「珊瑚礁」。大正七年五月）。コメントしていない。

（八）「主観と其具象化」（橋田東聲「珊瑚礁」大正八年二月）。わがままなる語義の拡充というのに、コメントしていない。

茂吉筆「写生道」（斎藤茂吉記念館蔵）

総じて、自分の内部要求にもとづかない議論だとしています。こうして、先の結論となっているわけです。

『短歌初学門』の要点

その後も歌人斎藤茂吉は「短歌写生論」を援用できる文献を多くあさり、自己の一家言を盤石なものにしております。特に西洋の文献に目を向けているのが、『短歌初学門』での特色となっております。

写生　其の一

「写生《しやせい》は生《せい》を写《うつ》すといふことである。生《せい》は性《せい》に通じイノチといふことであつて、生気《せいき》・生《せい》動《どう》などの生でもある。約翰伝《よはねでん》の、『ココニ生《イノチ》あり此生《イノチ》は人ノ光ナリ』などの用字《ようじ》を見て以て参考とすることが出来る。されば、之を個（作者）の生《せい》に限局せしめず、人間生物を籠めた万有的存在の根源をなすイノチの義に解することも出来る。即ち万有を生と観る考方である」。

「写生を以て作歌態度の心の据ゑ方と、その心掛で写生からはづれないやうに努めるのである」。

「ウイルヘルム・デイルタイは詩に就いて云つてゐる。『詩は生の現写と表出である』(Poesie ist Darstellung und Ausdruck des Lebens)(詩と体験、ゲーテ論中)」。

写生　其の二

「写生は写生的真を現写しようとするのであるから、能ふかぎり最初からの予想予感等を避くべきである。斯くあるべき筈だなとといふ予感があると、写生的真を写す邪魔となり、真の姿が乱されぬともかぎらぬ」。

写生　其の三

「写生は事件の羅列でなく、また雑報記述でないことは、既に正岡子規以来幾たびか注意せられたのであつた」。

「これに関し(註、瑣末を軽蔑しない)、ゲーテの言葉があるから参考のために示すことにする。

『夢幻なるものの中に歩み入らむと欲せば、ただ有限なるものの中を隈なく歩め』(Willst duins Unendliche schreiten, geh nur in Endlichen nach allen Seiten)。『充全なるものを楽まむと欲せば、最微なるものの中にその充全を見ざるべからず』（willst du dich am Ganzen erqichen, so musst du das Ganze im Kleinsten erblicken ― Gott, Gemuth u. Welt.）といふのである」。

写生　其の四

「自分の意味する『写生』の『生』は、そのまま固定してゐるものだらうか。自分はやはり無間断に、流動進展してかまはぬものだとおもふ。

『吾人が神と自然とから授けられてゐるものは生 das Leben である。それは静止も休息も知らぬモナスの自己廻転運動 rotierende Bewegung der Monas である。その生を護る衝動は常に生来であつてほろびざるものである』とはゲエテの言葉である」。

こうして見ると、『短歌初学門』の内容は説明を要しないことに改めて気がつきます。ある意味では、西洋の文芸論が、進んでいたとも言えるし、「短歌写生論」が進歩的な理論であったということも言えるのではないでしょうか。

とにかく歌人茂吉は、長い間、考察を加え書きため、これだけの歌論を残しているのです。歌人茂吉の「短歌写生論」がどんなに重厚なものであったか、余人の及ばぬものであった

か、改めて顧みられてよいことだと私は思っております。歌集『寒雲』に

われ等にありては「写生」彼にありては「意志の放出」「写生」の語は善し

という昭和十四年作の歌があります。

以上のことを背景にこの一首に対うと、荘厳な思いがわきますが、私だけのことでしょうか。なお、芥川龍之介は、この茂吉の「短歌写生論」の各論にあたる『童馬漫語』（大正八年刊）を讃え、短歌のみではなく、文芸全体に通ずる好論だと言っています。

六、「気」の写生歌、「虚」の写生歌

認知と情意

既に、書きましたように、斎藤茂吉が立論し、近代短歌を導いた短歌写生論は、広く文芸論としても注目してよい歌論です。特に没後に刊行された『短歌初学門』は、あまり多くの人が注目しませんが、『短歌写生の説』を更に裏付け、発展させている、今日のわれわれがもっともっと大切にすべき歌論です。

例えば、この『短歌初学門』では「写実」と「写生」とを明確に区別して考えております。今日の歌壇では、曖昧にしている人が少なくないことを思えば、これだけをとってもいかに大切な一書かお分かり頂けることと思います。

近頃の短歌界では「短歌写生論」についてほとんどの歌人が論じません。だからと言ってそれをしのぐ優れた歌論が出ているというわけではありません。正岡子規《まさおかしき》以来の歌風の作歌者たちは単純に「写実派」とひと括りに言われ、その作品は写実短歌と言われているようです。そして全国にこの写実派の歌人は相当の数になる筈ですが、あまり違和感を抱いていないらしいことも不思議です。大きく捉えれば、文芸における「写実」と「写生」とは近接しているからでしょうか。

しかし、実作に重きを置いた江戸時代の絵師たちもすでに「写実」を超える概念として、「写生」を追求していたことを思えば、短歌写実と短歌写生とを区別して、創作に当たらないのは怠慢というべきでしょう。

私は、だからこの写実派に分類されることを好まず、自らは現代写生歌人だと、ことあるごとに書いたりしているわけです。

われわれがものを認識するとき、知的に受け入れることのできる認知的な要素と、経験や実作を通さなければ身につけることのできない情意的な側面とがあります。前者の認知的な面は教え学ぶことができますが、後者の情意的な側面は何人も自ら経験し、悟入する以外に方法はありません。茂吉の「短歌写生の説」は、後者の情意的な側面を重んじ、認知、情意混交の気概のようなもの（性根・態度）を短歌創作、抒情詩創出の根幹としております。このことを忘れると短歌のような小文芸は活力を失いましょう。斎藤茂吉の「短歌写生論」がトータルな創作論であったということを、今日特に忘れてはならないし、顧みるべきだと私は思うのです。

実の写生による円山応挙の「鶏」（「双鶏図」部分　京都・八坂神社蔵）

円山応挙の写生

　ところで私は、数年前に開催された円山応挙《まるやまおうきょ》の特別展で知った応挙の写生画の実際にひどく共感し、以来短歌に応用して、「短歌写生論」をより分かり易くより拡大して考えております。

　円山応挙は江戸中期の画家で、狩野派の写実画法を身につけた上に、「写生」により、「写実」を超えた新画風に到達し、日本画の近代化に貢献した人です。その応挙の写生画には「実の写生」による作品のみではなく、「気の写生」「虚の写生」と分類される作品が実際に多く残されているのです。

　この分類は、その特別展に当たって「写生画創造への挑戦」と題し、解説に当った日本画研究家の佐々木正子氏が分類したものです。その分類に拠れば、円山応挙の作品は次の三つに分かれるというのです。

　実の写生―この世にある物の「真写」。応挙の孔雀や鶏は金網を張って守らないと逃げられてしまうくらいのリアリティに満ちています。

　気の写生―「写生」は、基本的には目に見える世界が対象だが、人の目に捉えにくい、例

「雨」「風」を動勢、力強さで捉えた円山応挙の「気の写生」画（「雨竹風竹図」京都・圓光寺蔵）

えば動勢、力強さ、愛らしさ、気迫、気品、気配、風情、生命観、感情等を描いたものです。竹の葉の表情から雨や風を感じさせたり、氷に漂う感じを緊張した雰囲気によって描出しています。

「虚」の写生―応挙は目で見ることの出来ない、架空のもの、人々の持つイメージとして定着している動植物、現実にはないが、人々の心の中にある像などを絵にしているのです。例えば架空の動物、龍の迫力ある絵などです。

この三つは実作に当たっては複合し、虚実混交、気実混交、気虚実混交などの世界となって作品化されます。円山応挙は「写生」に徹することによって見事に「実」の写生のみではなく、「気」の世界も、「虚」の世界も作品化したわけです。

これは「短歌写生」においても変ることはありません。むしろ積極的に当てはまることだと言っていいでしょう。茂吉のごとく「情意」を重んじ「写生」に徹すれば自ずから「気」の歌が生まれ、「虚」の作品も生まれてくるであろうからです。

気の写生歌、虚の写生歌

例えば、難解歌として有名な茂吉の作

たたかひは上海《しやんはい》に起り居たりけり鳳仙花紅《あか》く散りゐたりけり　『赤光』

という作があります。鑑賞に当たる歌人たちを困らせている作品のひとつでしょう。土屋文《つちやぶん》明《めい》編の『斎藤茂吉短歌合評』を見ても、評価はまちまちです。

松原周作《まつばらしゅうさく》は茂吉自身の『作歌四十年』を引用し、同感した上で、「炎天の日盛りに散っている赤い鳳仙花を見、上海の動乱を思っている。その雰囲気がわかってよい歌だ」と言っています。しかし描写された光景だけの説明で、どこか物足りない言い方のように私には感じ

虚の写生による円山応挙の「虎嘯生風図」 写真提供・東京国立博物館（植松家旧蔵）
Image : TNM Image Archives

られます。

近藤芳美《こんどうよしみ》は、「私はそのころの茂吉の作品の中では、物足りない平凡なもののような気がする。それは三句から四句につづく個所の転換と、そのための若気の思わせぶりのためだと思う」と切り捨てています。

土屋文明は「なんでもないことを二つ並べて、そこに一つの雰囲気を作り出すという巧みさは、今でもなおくりかえされて役に立つ手法」と評価しています。その上で「この歌は、軽く巧み過ぎて、不賛成の意を表したところ、作者はひどく不満であった」と経験談も付け加えています。

これを「気の写生」の歌とすれば、理解は簡単ではないでしょうか。上海の動乱を心にかかってならない一人の人間がここにいます。その目前には暑い日盛りに鳳仙花が盛んに花を散らしています。そういう状態から、目に見えない、社会の気配、緊迫感のようなものが出ていると言えるのではないでしょうか。円山応挙がすでに実践していた「気配、風情」を捉えているとすれば納得できましょう。

土屋文明が言っていることに近いですが、「写生」が「実の写生」だけだという先入観念が、この歌の理解を難しくしているように私には思えてならないのです。茂吉は当然「気の写生」などという言葉は意識していません。しかし円山応挙がそうであったように、「写生」に徹することによって生まれてくる世界だと言えるのではないでしょうか。

赤茄子《あかなす》の腐れてゐたるところより幾程《いくほど》もなき歩みなりけり　『赤光』

これも同じく「気の写生」の作として理解すればよく解るのではないでしょうか。

当時トマトを「赤茄子」と言っていました。それが腐っているところと、そこを離れて立ち止まっている作者とは「実」の景観ですが、作者はそれが言いたいのではありません。そこに漂う夏の午後の妙な空気と倦怠感のようなものを強烈に感じているのでしょう。「赤茄子」「腐れてゐたる」「幾程もなき歩み」が混交して、目に見えないその「気」が生き生きと伝えられていましょう。

あかあかと一本《いっぽん》の道《みち》とほりたりたまきはる我《わ》が命《いのち》なりけり　『あらたま』

なども「気の写生」で、雰囲気、気配が写生されているのです。赤い「一本の道」に象徴させて、「我が命」の道を暗示しているのです。「実」の道を写生しているのではありません。結果的に直接端的に青年らしい気概を謳いあげていることになりましょう。

とほき世のかりようびんがのわたくし児田螺《たにし》はぬるきみづ恋ひにけり　『赤光』

想像上の世界を詠っている「虚の写生」の作です。迦陵頻伽《かりょうびんが》という想像上の鳥を素材にしていながら不思議に自然であります。長塚節《ながつかたかし》が「かりようびんがなどといふ途方もないものを持つて来ても、兎に角に落つきを得てるのが、作者の特長である」（『赤光』書き入れ）と言っている通りであります。

むらさきの葡萄《ぶだう》のたねはとほき世のアナクレオンの咽《のど》を塞《ふさ》ぎき　『寒雲』

恋と酒のギリシャの抒情詩人アナクレオンも、「実」を越えて茂吉の精神的な経験世界に生きているのです。だから、この詠嘆となって現れています。こういう「虚」を生む現実は背景にありましょうが、一首はあくまでも虚像であるところに味わいがあります。

天際にふれたりといふうらわかき女媧氏《ぢよくわし》の顔を思はばいかに　『つきかげ』

中国古代の女神、女媧《じょか》氏をうら若い女性として想像しようとしている歌。戦後で「貧」と「苦」にあえぐ都市生活者の若い女性が背景にあるかもしれませんが、作者は「虚」の世界とすることによって、より豊かな詩情を醸し出しています。

正岡子規の作でも、例えば

瓶にさす藤の花ぶさみじかければたゝみの上にとどかざりけり　正岡子規

瓶にさす藤の花ぶさ花垂れて病の牀に春暮れんとす　同

世の中は常なきものと我愛づる山吹の花散りにけるかも　同

などの作を「気の写生」により読み解くことによって、より豊かに味わうことが出来ましょう。「実の写生」という言葉だけでは評価しきれないところです。

これらの歌について、斎藤茂吉も「先生の病床生活とその時の心持があらはれて居る」、「捉へどころが新鮮で、辞の末まで心持が沁みわたつてゐ」る作品だと高く評価しております。しかし確かにそうでしょうが、作者に病床にあったということを前提にしている評価ですから、何か不足を感じないわけにはいきません。一方ではっきり「苦悶がない」、「病床生活が出てゐない」、「単純な叙景歌に過ぎない」などと否定的な評価もあります。

いずれも「実の写生」のみに囚われているから、理解の揺れが生じているのではないでしょうか。

第一首、部屋に活けられた藤の花房を実景として、その気配、勢い、豊かさ、空間といったものが描かれております。そう見れば実に鮮やかな新時代の作であると言ってよい筈です。すなわち「気の写生」であるわけです。

第二首、「瓶にさす藤の花ぶさ花垂れて」ということと「病の牀に春暮れんとす」との間にはのっぴきならない飛躍があります。しかし切っても切れない感覚的なつながりも感じられるのではないでしょうか。それは何か、生命観に裏打ちされた心情の世界、やるせない「気配」ではないでしょうか。「気の写生」とすれば納得が行きましょう。

第三首も同じように私は受け止めます。ずいぶん大げさに「世の中は常なきものと」と切り出しておいて、「我愛づる山吹の花ちりにけるかも」というのは、いかにも「意外性」のあるところです。その意外性の面白さ、詩性が「気の写生」であると言ってよいでしょう。

そういえば、すでに書きました、正岡子規「絵あまたひろげ見てつくれる」一連中の歌

なむあみだ仏つくりかつくりたる仏見あげて驚くところ

なども、斎藤茂吉「地獄極楽図」一連の

白き華《はな》しろくかがやき赤き華あかき光を放ちゐるところ

なども「虚の写生」作品です。

われわれ大の大人が「詩」を求め作歌するとき、あくまでも「実」にこだわることになることがすくなくない。なぜならば自分の生を送っている舞台としての現実は、それぞれ人によって入り組み単純ではなく、どんな生活の場にも、周囲には限りない「詩」が輝き、轟いているからです。

しかし、この「実」の世界からは自ずから「気」が漂い、「虚」の世界が広がっていることを忘れてはならないでしょう。これらを引きくるめて、何よりもディオニュソス的に、かつ

自由に、更には雄渾に詠いあげて行くのが、現代写生短歌の方向だと私は考えているのです。

七、歌集『暁紅』の愛の歌

老いの身の恋

茂吉の歌集『暁紅』にはそれまでの歌集とは色調の違う作品が出て来て、それまでの作歌の続きであるのに、どこか歌集全体の響きが違って感じられます。

清らなるをとめと居れば悲しかりけり青年《をとこ》のごとくわれは息づく　『暁紅』

海のかぜ山越えて吹く国内《くぬち》には蜜柑《みかん》の花は既に咲くとぞ　同

若人《わかひと》の涙《なみだ》のごときかなしみの吾にきざすを済《すく》ひたまはな　同

ひとりゐて吾《われ》の心《こころ》をいたはれるをとめと云はば眼《め》を瞠《みは》りなむ　同

まをとめと寝覚《ねざ》めのとこに老《おい》の身《み》はとどまる術《すべ》のつひに無かりし　同

山なかに心かなしみてわが落す涙を舐《な》むる獅子《しし》さへもなし　同

年老いてかなしき恋にしづみたる西方《さいほう》のひとの歌遺《のこ》りけり　同

うつせみのにほふおとめと山中《やまなか》に照りたらひたる紅葉《もみぢ》とあはれ　同

昭和十年、十一年の作で茂吉五十三歳、五十四歳の作品ということになります。近くに若いおとめが現れて、「涙のごときかなしみ」をもたらしたりするが、しかしここには、何か生き生きとして、明るい響きが流れています。

自ら「精神的な負傷」を背景にしていると言っている前歌集『白桃』の、次のような作品と比べてみれば、その違いは歴然としています。

「吾嬬《あづま》はや」となげきしみこゝろ悲しけど倭建《やまとたける》のみことしともし　『白桃』

二十年《にじふねん》つれそひたりしわが妻を忘れむとして衢《ちまた》を行くも　二月十七日　同

かなしかる妻に死なれし人あれどわれを思へば人《ひと》さへに似ず　同

たらちねの母のゆくへを言問《ことと》ふはをさなき児等の常《つね》と誰かいふ　同

わが帰りをかくも喜《よろこ》ぶわが子等《こら》にいのちかたぶけこよひ寝むとす　同

寒き臥処《ふしど》に体《からだ》ちぢめつかたはらに吾の怒《いか》らむ人さへもなし　同

心しづめてわが居るときにいとけなきもろごゑ聞けば心はゆらぐ　『白桃』

うまいより醒《さ》めて話《はなし》をしはじめたるわが子等《こら》見つつ心ゆらぐも　『暁紅』

この『白桃』の「精神的な負傷」は、一つには平福百穂《ひらふくひゃくすい》、中村憲吉《なかむらけんきち》という心からの友との死別であり、もうひとつは私事にわたることだと自ら歌集の「後記」に書いています。その「私事にわたること」は今日では明らかで、夫人が「ダンスホール事件」という世間を騒がせる事件とかかわって、茂吉は四人の子供を引き取って、その後十二年近く別居生活に入ったのです。なにゆえに「わが妻を忘れむとして」なのか、なぜに「たらちねの母のゆくへを言問《ことと》ふ」幼らなのか理解されましょう。

そうして二年が過ぎ、「清らなるをとめ」に邂逅して、歌集『暁紅』の世界に大きな変化をもたらしています。「老の身《おいのみ》」の作者が若い永井《ながい》ふさ子という女性と恋に落ちたからです。

先の一連に出てくる「年老いてかなしき恋にしづみたる西方のひと」は、ドイツの詩人ゲーテです。七十歳で十八歳のおとめに恋をしていますから、そのことを知っていた歌人茂吉は、自らの現実と重ねつつ、師弟のなからいを超え、恋に走ったのかも知れません。『斎藤茂吉全集』の茂吉の拾遺作品を見るとその恋がどの程度のものであったかが了解されます。同時に歌集、『暁紅』の不思議な響きをもたらしているものが何であるかが鮮明となってきましょう。

狼になりてねたましき咽笛を噛み切らむとき心和まむ　『拾遺』

光放つ神に守られもろともに（この下句をつけて下さい）　同

永井ふさ子と茂吉（斎藤茂吉記念館蔵）

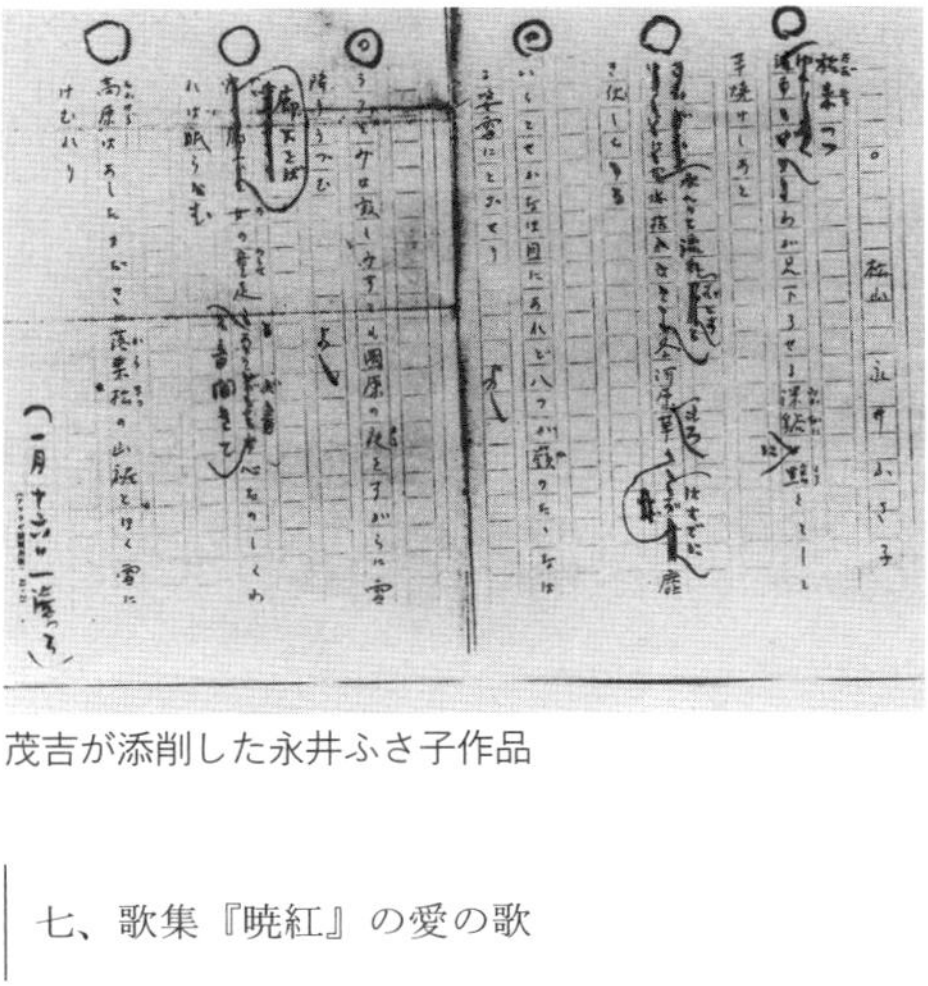

茂吉が添削した永井ふさ子作品

やけほろぶるこひしきもののけむりにて涙ぞはふる老のまなこゆ　『拾遺』

老いづきし心あやしくみだれたるわが五十五の年ゆかんとす　同

面与勢而比等都之息乎息都貴志加奈志幾妹加阿利安利等見由　同

奈都加志貴我妹子之声遠久等毛吾耳元爾佐佐也久如志　同

みな永井ふさ子に贈った歌です。例えば第二首「光放つ神に守られもろともに」の下の句について、付け句を求められた永井ふさ子は「あはれひとつの息を息づく」と応じています。この一首は二人の合作として永井ふさ子歌集『あんずの花』の巻頭を飾っております。万葉仮名の歌は次のように読みくだせます。

面よせてひとつの息を息づきしかなしき妹がありありと見ゆ

なつかしき我妹子《わぎもこ》の声遠くともわが耳元にささやくごとし

歌人茂吉は、永井ふさ子を歌人の後進として、一女性として心から愛し、その歌に書簡に思いを込め伝えています。男女の愛は善悪を超えましょうし、詩人の恋はゲーテもそうだったようにディオニュソス的です。斎藤茂吉は、もともと「愛」の歌人でしたから、一方で苦悩しながらも、ひたすら人を愛し、愛の歌を残し、歌集『暁紅』は、艶のある、人間性のあふれる歌集になっているのです。やがて師弟の関係のみに戻らなくてはならない宿命にあって、二人の間にはさまざまな葛藤、苦渋があったかもしれません。しかし、愛の歌は愛の歌として輝いていることを、茂吉読者は忘れてはならないでしょう。

茂吉の愛の秀歌

茂吉には『赤光』以来優れた愛の歌があります。その都度その都度に全力的に生き、物事に取り組み、人を愛したからでしょう。

しんしんと雪ふりし夜にその〔汝が〕指《ゆび》のあな冷《つめ》たよと言ひて寄りしか　『赤光』

はや死にて汝《なれ》はゆきしかいとほしと命《いのち》のうちにいひにけむもの　同

ほのぼのと目を細くして抱《いだ》かれし子は去りしより幾夜《いくよ》か経《へ》たる　同

わが命《いのち》つひに光りて触りしかば否《いな》といひつつ消ぬがにも寄る　同

をさな妻《づま》あやぶみまもる心《こころ》さへ今《いま》ははかなくなりにけるかも　『あらたま』

みちのくへあが嬬《つま》をやりて足引《あしびき》の山《やま》の赤土道《はにみち》あれ一人《ひとり》ゆく　同

わが妻《つま》に触《さや》らむとせし生《いき》ものの彼《かれ》のいのちの死《し》せざらめやも　同

うらわかき妻《つま》はかなしく砂畑《すなはた》の砂《すな》はあつしと言《い》ひにけるかも　同

こうした男女の間に生まれる愛を茂吉は実に鮮やかに、的確に心にしみるように歌っています。しかし、茂吉は女性だけを愛したのではない。父親としての子らへの愛、家族への愛、兄弟愛、さらには博愛といえる歌も少なくないことも忘れてはならないことです。

父親茂吉の愛の歌

霜ぐもる朝々子等と飯《いひ》を食ふひとり児《ご》だにもなき人思《も》ひて　『暁紅』

この夜《よ》明《あ》けて山をくだると稺等《をさなら》はひと夏のもの片づけて居り　八月二十九日　同

捕《とら》へたる蜻蛉《あきつ》のたぐひを我児《わがこ》等は棄てて見て居り庭の草の上　同

をさな等はおのもおのもに朝まだき吾をのぞきに来て帰りゆく　同

山中にゐておもひつるわが子等をまのあたり見てかなしきろかも　同

子らがためスヰトポテト買ひ持ちて暫《しば》し銀座を歩きつつ居り　『寒雲』

算術を学びていまだ起きゐたる子よりも先にわれいねむとす　同

子ら三人《みたり》臥処《ふしど》のなかに入るまでは私事《わたくしごと》のごとくおもほゆ　同

ひるすぎてわが穉子《をさなご》の学校よりかへり来《きた》るを待つべくなりぬ　同

わが娘《むすめ》時々に新約《しんやく》のことをいふ善《よ》き言《こと》の葉《は》を聞くはうれしも　同

しかれどもこのやみがたき希《ねがひ》もて子らの顔見る男《をとこ》の子《こ》女《をんな》の子《こ》　『のぼり路』

山なかに来て気づきつつ居り次男《じなん》もこゑがはりしてわれに優《やさ》しも　八月十六日　『霜』

寄生蠅《きせいばえ》に数多《あまた》の種類ありといふ事を吾が子が語りつつ来る　同

わが娘朝夕《あさゆふ》新聞とりに行くにはか雨さへ降るときありて　『霜』

女童《めわらは》は明日《あす》立たむとして干物《ほしもの》をたたみなどする傍《かたはら》に居り　『霜』

長男の卒業式にわれは来てしきりに汗を拭きつつゐたり　同

ためらはむことひとつなしくらきより起《お》きて飯《いふ》くふ汝《な》が父《ちち》われは　同

この門《もん》を入りつつゆかばあはれあはれ五《ご》尺《しやく》七寸《しちすん》の若きをのこぞ　同

目前《もくぜん》に制服著たる長男が顔《かほ》日焼《ひやけ》して立ちたるも善し　同

隣り間に噦《しやくり》して居《ゐ》るをとめごよ汝《な》が父親《ちちおや》はそれを聞き居《ゐ》る　『小園』

簡単に髪など結ひて仕度《したく》する吾子《わがこ》やうやくをとめさびして　同

すゑの子も今はかへりて寂しきに障子目ばりす夕ぐるるまで　同

うらわかき二人《ふたり》ゐならぶかたはらに心ゆらぎて涙いでつも　十月二十三日茂太美智子新婚　同

かひがひしくヅボンなど穿き立居《たちい》する嫁《よめ》をし見つつ涙ぐましも　同

のどかなる顔して二階よりくだり来《こ》し茂太にむかひ微笑をしたり　同

妻と二人《ふたり》何か話してゐるらしき茂太《しげた》のけはひ時をりおもふ　同

ひたぶるにこの道往《ゆ》けといひしかど迷《まよ》ふことあり親《おや》といふもの　同

父われはまなこつむりてこの日ごろいかにわが子等ゐるかとぞ思ふ　同

娘らが二人来居れば松かげに笑ふこゑしてさびしくもなし　同

くだりゆかむ娘のためにいささかの紅茶を沸《わ》かすわが心から　同

歌人茂吉はひたすらに父親としてわが子等を愛し、努力しています。幼い子らの成長を見守り、長男の卒業式に臨み、また入営も見守ります。結婚の決まった二人を見つつ涙も落とします。

書簡に残る家族愛

斎藤茂吉は主《あるじ》としても一家を懸命に愛します。戦争で住まいと病院とを焼かれ、一家が離散せざるを得なく、さながら漂泊の身となって疎開生活を余儀なくされつつ、必死に家族を愛する様が、膨大な家族あての手紙にのこっております。ばらばらにいる家族に書簡によって父親をやり、一家の主を続けているのです。

茂吉の孫斎藤茂一さんの『S家の長男』という本があります。茂一さんは

ぷらぷらになることありてわが孫の斎藤茂一《もいち》路上《ろじやう》をあるく　『つきかげ』

の歌で、茂吉の読者にとっては忘れ難い人です。その著書の中で、いかに歌人茂吉が孫茂一氏を愛したかを、「茂吉に溺愛された私」という文章に書いております。その溺愛ぶりの茂吉書簡の抜粋が実に面白い。もともとその書簡は、茂一氏の父斎藤茂太博士の著書『茂吉の体臭』にありそこから「孫引き」しているもので、茂太博士にも茂一氏にも「茂吉の愛」が十分に伝わっている証でもあって、私には殊に痛快であります。その一部を選んで以下に引用させていただきます。

「昭和二十年十一月二十三日

美智子の妊娠は天のたまものゆゑ、どうか自愛してくれ、僕もはじめて孫が見られるので心がほがらかである。

昭和二十一年二月六日

孫の名前は、正一、倹太郎、春吉などどうか。女の名は二人に任せる。（※倹太郎の倹は、母の父の宇田倹一の倹と思われる）

左より百子、茂太、茂吉、昌子、宗吉（昭和九年の写真。斎藤茂吉記念館蔵）

同年二月十五日
孫の名は茂なくともよく、又二男、三男あたりに入れてもよし。女子ならば茂《シゲ》子でもよからむ。

初孫（註―著者茂一氏のこと）の私は四月二十八日に無事生まれた。父は祖父の意向にさからって、茂一と名づけたが、祖父は別にどうということもなく、翌日、『祖父茂吉大よろこび。病気もなおる。』という手紙を出した。
同年五月十七日
茂一坊やどうしてゐるか。
同年六月十四日
茂一の夜啼も天使のこゑとおもへば却つて楽しくもあるだらう。
同年七月十日
茂一も手をしやぶるやうになつたか。可愛い奴である。
同年八月十一日
茂一のために美智子が物を食べねばならぬ。茂一の近況必ず二三行でよいから知らせてください。その知らせにより茂一が眼前に出て来て愉快きはまりなし。
同年九月十四日
茂一の記事がなくてさびしい。今般の米も結局は茂一のためだから、何の気兼がいらぬ勝手に料理して食べてくれ。この祖父の気心を無にしてオツパイ不足といふのは、いかんぞ。……ヤミのミルクでも何でも買へ。……しつかりしなさい。
同年九月十七日
美智子も食物の養生し……精神的に弱るやうでは、いけないぞ。……茂一のたべものは過多よりも少いくらゐがよい。
同年九月二十一日
茂一の写真、家内ぢゆうの写真とどき、祖父上機嫌也。茂一ゴウケツの風格也。腹ばへになるやうではたいしたもの也。茂一にパパ、マヽはいけない。やはり平凡にトーチヤマカーチヤマがよいぞ。
同年十一月二十日
茂一と家族の写真とどき大に喜ばしい、茂一なかなか上等にて、宇田の祖父とこちらの祖父（即ち僕）に似てゐるから「ヂヂッ子」といってよいネ。
同年十二月二十八日
茂一まだ匍はないか。少しぐらゐ匍ってもよいね。
昭和二十二年六月二十九日
父も返事かくのが億劫だから、必ずしも返事やらないかも知れんが、東京からは一週間に一ぺんは手紙くれ（特に茂一の行動について）。茂一の夜間のオシッコはどうだ。まだ洩らすか。
同年七月三十一日
坊やキカン坊のよしよろしくたのむ。キカないくらゐがよし。坊やの汗カキは祖父の遺伝なり。
同年十月四日
……茂一君元気にて上等也。
同年十月十一日
……茂一肖像ありがたう。なかなか旨いものだ。美智子は肖像画はこの茂一祖父よりも旨い。」（『茂吉の体臭』岩波書店より）

という具合です。
次男斎藤宗吉氏（作家北杜夫《きたもりお》氏）への書簡も愛に満ちています。茂一氏あての書簡に準じて私が抜粋してみると次のようになります。

「昭和二十二年十月八日
〇父も熟慮に熟慮を重ねひとにも訊ね問ひなどして、この手紙書くのであるが、結論をかけば、やはり宗吉は医学者になつて貰ひたい。これ迄のやうに一路真実にこの方向に進んで下さい。（後略）
一心不乱に勉強せよ。本来の優等児の面目を発揮せよ。（後略）

このことはただの笑談《じやうだん》半分で、宗吉にいふのではありません。無限の愛を以ていふのですぞ、（ここの一条は決して宮地教授その他に話してはいけません）（後略）

おだてられて、いはゆる高校気質に敗北するな、これは父の厳命だ○右、激して書いたから、許せよ　父より

同年十月十六日

愛する宗吉よ　速達便貰つた　○父を買ひかぶつてはならない。父の歌などはたいしたものではない。父の歌など読むな。それから、父が歌を勉強出来たのは、家が医者だつたからである。そこで宗吉が名著（？）を生涯に出すつもりならばやはり医者になつて、余裕を持ち、準備をととのへて大に述作をやつて下さい。○下宿は大至急一人一室のをさがしなさい。父より

昭和二十三年二月九日

拝復一、千葉を三月十一、十二、十三日に受験しなさい、二、東北（仙台）を三月十五日、十六、十七と受けなさい若し、千葉を受けて、仙台を受けるのが無理ならば、仙台だけでもよいが、十三日の夜行で行けば充分だとおもふ。〈至急返事よこせ〉運よく千葉が受かれば、千葉は善い学校だから、そこに入学しなさい東北もなかなか善い。（略）女は恐るべきものだから、女に近よつてはいけない。

この宗吉氏の東北大学受験に当たっては、茂吉は、さまざまな手配をします。受験のための宿の心配やら、知人への依頼など、親として為し得る全てをなすという姿です。例えば、昭和二十三年二月二十二日　河野與一教授、奥様宛には「さて、突然にて何とも失礼でございますが今般次男宗吉儀、東北大学御校の医科を受験することになりましたに就きましては、若し幸に最後の考査までたどりつきましたならば、同点者中の特別を以て合格するやうに熊谷総長に御願ひたまはりたく、このこと余り厚顔でありますが、御願いたします」（後略）と記されています。

そして、宗吉氏が東北大学受験に合格すると、昭和二十三年三月二十七日河野與一・河野多麻氏宛に「今朝御電報拝受、御力添たまはり何ともかたじけなく、佐伯君、宗吉共に入学かなひましたこと実にかたじけなく無量の感謝でございます」という書簡が送られています。親心というものでしょう。

大学生斎藤宗吉氏宛にも愛の手紙は届きます。

「昭和二十四年十月七日

○歯わるきよし、大学あたりの上手な歯科を選び、治療なさい。学科の休みの方がよいでせう。〇体重減つたら、食事を少し注意なさい、林の奥さんに相談して万事御願しなさい。

昭和二十五年十二月十七日

上京後は友達等と遊んで暇つぶしたりしないで下さい。日本国中風邪流行也。父上も重病であつたが、心配するといけないから黙つてゐた、只今は心配無い。無事帰京いのる。

同年九月二十九日

来月は引越しますが宗吉が来なくとも間にあひますから、上京せずともいゝと思ひます。一月に上京なさい。それまで縣《原》命に勉強して下さい。(父)」

こうした書簡から、斎藤茂吉の家族愛が見えてきます。

その上に斎藤茂吉にはこんな歌もあるのです。

一切《いつさい》の女人《によにん》はわれの母《はは》なりとおもへる人は清《きよ》く経《へ》にけめ　『寒雲』

空撃《くうげき》を免れむとして移動するミロのヴエヌスより我眼放たず　『のぼり路』

童女《めわらは》はをみな童子《をわらは》は男《をとこ》の未来《みらい》ありて都会《とくわい》のうへのきらふ天《あま》つ日《ひ》　同

母おきてみまかりゆきしをさな児を仏のみ手はいだきたまはむ　『小園』

目のまへの売犬《ばいけん》の小さきものどもよ生長《せいちやう》ののちは賢《かしこ》くなれよ　『つきかげ』

歌人茂吉・人間茂吉の真《まこと》の心のようなものが感じられます。読者の皆さんはどう思うでしょうか。

八、茂吉の滑稽（ユーモア）歌

滑稽歌の伝統

斎藤茂吉がよりどころにした『万葉集』にも滑稽歌があるし、尊敬した正岡子規《まさおかしき》も、「然るに我邦の人、歌よみたると絵師たると漢詩家たるとに論なく一般に滑稽を排斥し、万葉の滑稽も苟《いやしく》も滑稽とだにいへば一網に打尽して美術文学の範囲外に投げ出さんとする、是れ滑稽的美の趣味を解せざるの致す所なり」などと言っているから、当然歌人茂吉も意識していたはずです。

『万葉集』にどんな作品があるかといえば、例えば、大伴旅人《おおとものたびと》の「讃酒歌」のうちのいくつかには上質なユーモアを感じます。

なかなかに人とあらずは酒壺《さかつぼ》に成りにてしかも酒に染《し》みなむ　（三四三）

あな醜賢《みにくさか》しらをすと酒飲まぬ人をよく見れば猿にかも似る　（三四四）

一首目、一読可笑しさが湧いてきます。中途半端に人間でいずに酒壺になってしまいたいものだ。そうしたら酒にたっぷりしみることが出来るだろうから、というのだから笑いが出ます。また二首目、酒を飲まない人を猿に似るとは、酒飲みの独善でこれもまた滑稽です。本当は酒飲みの方が猿に似ていることでしょう。

『万葉集』巻十六には滑稽歌が集められていますが、人の欠点を嘲笑う傾向で、大伴旅人のようなユーモアセンスはないようです。

平群《へぐり》朝臣の嗤《わら》ふ歌一首

小児《わらは》ども草はな刈りそ八穂蓼《やほたで》を穂積の朝臣《あそ》が腋《わき》くさを刈れ　（三八四二）

（草刈りの子らよ。そこの草を刈るな。それより、あの穂積の朝臣の腋毛でも刈れ）。

「八穂蓼」は「穂」にかかる枕詞。

穂積朝臣和ふる歌一首

何所《いづく》にそ真朱掘《まそほほ》る岳薦畳《をかこもたたみ》平群《へぐり》の朝臣《あそ》が鼻の上を穿《ほ》れ　（三八四三）

（どこに真朱を掘る岡があるものか。そら、あの平群の朝臣の赤鼻の上を掘るが良い）。

「薦畳」は「へ」にかかる枕詞。

これらの歌は嘲笑の応酬です。

大伴家持《おおとものやかもち》の「痩《や》せたる人を嗤笑《わら》ふ歌二首」も同じです。

石麿《いしまろ》にわれ物申《ものまを》す夏痩《や》せに良《よ》しといふ物そ鰻《むなぎ》取り食《め》せ（三八五三）

痩《や》す痩《や》すも生《い》けらばあらむをはたやはた鰻《むなぎ》を取ると川に流るな（三八五四）

吉田連老石麿の弱点を突いて笑いを取るという、低俗なユーモアだといってよいでしょう。

近代となって、正岡子規を中心として根岸派の歌人たちは、『万葉集』に返って、滑稽歌を大切にしたのはよいことですが、『万葉集』の巻十六を少しも出ていません。子規の伊藤《いとう》左千夫《さちお》に宛てた「冷笑の歌六首」は次のようなものです。

藁すきの紙にもあるか君が身は瀧見に行かず雨づゝみする

サミダレノ水嵩マシタル瀧ツ瀬ニ落チテ流ルナ山ノイモ泣カン

上ツフサ睦岡村ニ生レタルワラビガ知ラヌゲンゲンノ花

三首目は、後の「アララギ」創始者蕨真《けっしん》を冷やかした歌です。

また、長塚節《ながつかたかし》にしても「戯れに禿頭の人におくる」などとして、次のような歌を作っています。

つやつやに少なき頭泣かむより糊つけ植ゑよ唐黍の毛を

おもしろの髪は唐黍白髪の老い行く時に黒しといふもの

唐黍の糊つけ髪に夕立の倚る樹もなくば翳せ肱笠

トウモロコシの毛を植えたらどうかとか、白髪にならないぞとか、夕立が来たら肱笠で防げ（糊がとける）とか、質の高い笑いにはなっていません。むしろ低俗だし、今日の感覚で言えば、弱者いびりの感も免れません。

真剣故にユーモラスに見えた茂吉

人間茂吉という観点からすれば、斎藤茂吉という人は何ごとにも真剣に取り組み、それ故に周囲の人にはユーモラスに見えるということがしばしばあったようです。門人佐藤佐太郎《さとうさたろう》が書き残した『童馬山房随聞』にはそういう茂吉が次のように書き残されております。

「夜、童馬山房。十一月五日没した松田さん（老媼。住み込みにて茂吉家の世話をした人。茂吉は懇ろに葬儀をしている——引用者註）の初七日にあたるので、法要があった。いつもの客間に祭壇をもうけ、茂太さんはじめお子さんたち、看護婦など病院の人たち、それに山口茂吉氏と私も列席した。先生（茂吉のこと——引用者註）が祭壇の前に坐って経をあげた。声も朗々としているし、りっぱな読経だった。意外な堂々さがかえっておかしく感じさせるのか、笑いをころすのに難儀した。宗吉さんがはじめ笑いだすと、お子さんたち、私たちまで笑い出してしまった。先生はお子さんをかえりみて、笑うものではない、としかるようにいわれた」（昭和十三年十一月十一日）

とあります。茂吉がいわば使用人の葬儀をねんごろにしているところにも、心打たれますが、やはりユーモラスな光景です。

またある時は、歌の門人佐藤佐太郎が医師斎藤茂吉に、自身の体の異常を相談します。

「私はいつごろからか大きく口をあくと顎《あご》の骨関節が鳴るので、ときおり気になることがある。おもいついて、その話をした。先生は、『それは何でもない。よく首の骨が鳴ってそれを気にして神経衰弱になる人がいる。ときどき僕のところにも来るが。また男根が小さいといって僕のところに来るのがある。それはちっとも心配がないといって、いろいろ話してやるが、なかなかなっとくしない。そういうときはしかたがない、僕のを出して見せてやる、そうするとたいていなっとくするね。そういうのはけっして小さくないんだ』と言われた。医は仁術というが、いかにもちがいがないと私は感動して聞いた」（昭和十五年二月九日）。

医師斎藤茂吉の言動は真実の限りで、厳粛といってよいことです。しかし、それでいて何となく滑稽でもあります。

茂吉の滑稽歌

そんな茂吉に、どうやら意図的に滑稽歌を作ろうという意識はなかったようです。滑稽歌について考察したりはしているが、『万葉集』程度、正岡子規ら程度では本当の滑稽歌にはならないと考えていたようにさえ私には思われます。

例えば『作歌実語抄』の中で「滑稽歌」について検証し、結論として「一般からいつて、滑稽の歌は作者から遊離し、余裕があり過ぎて居るやうにおもはれる」と言っています。

「余裕があり過ぎて居る」ということは、身に迫った必然性が感じられないということで、滑稽歌といえども、人間生活の奥底から湧いて出るようなものでなくてはならないということでありましょう。

更に茂吉は、「洒落の効果」という随筆で言っています。

「和歌のやうな短い形式の文学に親しみ、特に言掛け、序歌などの技法を軽蔑してゐると、さういふ語呂上の洒落などは、馬鹿くさくて実際云へなくなつてしまふ。所謂洒落を解せぬ人間になつてしまふから、時あつて宴席などで、歌よみにこれぐらゐの洒落が分からんでは困るぢやないかなどと云はれるのは決して稀では無い筈である。家庭の食卓で低級な洒落をいつて、子供には冷かされたり、細君には組し易いと安堵親和の礎を作つたり、誰も笑はないと自ら笑つたり、かういふことは和歌などをやつてゐるものには馬鹿くさくて出来なくなつてゐるだらうけれども、これがやがて偉大な潜勢力として働いてゐるといふ実相を顧慮するなら、事実は洒落を云はぬものの敗北といふことにもなるのである」。

「滑稽」あるいは「洒落」というものを決して軽視をしていないわけです。しかし、本気ではそんなユーモアは詠えないというのが茂吉です。

ともあれ、斎藤茂吉の歌を読んでいると何となく笑いが浮かんでくる歌があります。作者が滑稽に作ろうとしていないのは十分に解るのに、それでもおかしい。そんな歌にしばしば出会うのです。

鼠の巣片づけながらいふこゑは「ああそれなのにそれなのにねえ」　『寒雲』

この歌は、発表時は随分批判を受け、茂吉ほどの歌人がこんな通俗な歌を作る、などと言われたようです。鼠は茂吉が嫌った家ダニの媒介者ですから、大工などに頼んでその退治をしてもらっているところです。その職人が当時の流行歌の一節をしばしば口にする。茂吉は自ら口にすることはなかった俗謡の一節を一首に取り入れているのが滑稽で、一読微笑が浮ぶことでしょう。

腹かかへ笑うもろごゑの中にゐて寂《さび》しく吾は目を瞠《みは》りけり　『寒雲』

猟奇事件のようなものに対してでしょうか、人々が面白おかしく話題にするところを作者は、目をみはるのです。つまり、人間の根源の真実はそういうものだとして、作者は決して笑えない、むしろ瞠目しているのです。ユーモアというより、茂吉の人間像を考えさせる一首です。

岡山《をかやま》の巌見《いはほみ》に来《こ》とひともいひわれもおもへどあはれ行き得ず　『寒雲』

岡山巌三著出版記念会

いわば駄洒落ですが、茂吉がこんな作も残していると思うと愉快でもありましょう。

たわやめは幾人《いくたり》来とも障《さはり》なし仏《ほとけ》のまへに戯《たはぶれ》もせよ　『寒雲』

神保を偲ぶ

友人を偲んで、涙を流しつつ、こんな歌をも作っております。笑いより、やはり悲しみが伝わりましょうか。

寒の夜はいまだあさきに洟《はなみづ》は Wincklmann《ウインケルマン》 のうへにおちたり　『寒雲』

ドイツの立派な学者の本の上に、何とも世俗な洟《はなみず》が落ちたという、対比の中に滑稽があります。

洋傘《かうもり》を持てるドン・キホーテは浅草の江戸館に来て涙をおとす　『寒雲』

ドン・キホーテは世界的な喜劇の主人公ですから、それに近い作者だと言って、自ずからユーモラスです。江戸館は漫才等をやる大衆劇場ですから、そんなところで涙を流しているのも滑稽ですし、「洋傘」等を大事そうに持っている自身の姿もおかしくも感じたでしょう。万葉人も、正岡子規らも他を嘲笑うところに滑稽を求めましたが、茂吉にはそれはなく、自嘲の中に静かなユーモアを漂わせています。

わが子等と共に飯《めし》くふ時にすら諧謔《かいぎやく》ひとつ言はむともせず

『寒雲』

諧謔くらい言いつつ楽しく食事をしようという思いが茂吉にあったのでしょう。律義にそう詠っているところに顔がゆるみます。

交尾期は大切《たいせつ》にしてもろもろの馬ももろ人《びと》も一心《いつしん》となる

『のぼり路』

注目するところも、「一心となる」とまで言っているところも、真実でありながら、どこかユーモラスです。

この一月《いちぐわつ》に棄てられしは牝犬《めいぬ》なりしかば初冬《しよとう》には犬の母《はは》の位《くらゐ》ぞ

『のぼり路』

この歌も、「母の位ぞ」が言い得て可笑しい。その奥には、博愛も感じられます。

おもほえず彼女《かのぢよ》ちかづき来りつつ三米《メートル》突余《よ》ばかりになれり

『霜』

なかみの無い作ですが、現実の切り取り方が愉快です。

あかがねの色になりたるはげあたまかくの如くに生きのこりけり　『小園』

太平洋戦争の後の自嘲です。滑稽の奥に懺悔がありましょう。

戒律を守りし尼の命終《みやうじゆう》にあらはれたりしまぼろしあはれ　『白き山』

『古今著聞集』にしっかり修行を積んだ尼さんが命終に当たって、「念仏をば申さで〝まらのくるぞや〳〵〟といひてつゐにをはりけり」という一節があるから、それを踏まえている一首です。茂吉は面白おかしく一首にしているのではありません。人間の本然的な姿として厳粛に受けとめてこの歌があります。しかし、ふっと滑稽も感じます。

のがれ来てわがゐる山のむかうには一種のイデオロギーがをどるをどる　『つきかげ』

宗教には何らかの行為が伴うことが少なくありませんが、この新興宗教の「をどる」（踊る）ということがその行為なのでしょう。「わがゐる山」は箱根でしょうが、こういう経験をして、「一種のイデオロギー」といったのもおかしいし、「をどるをどる」も滑稽です。しかし、茂吉は決して嘲笑ってはいません。

人富みてゆたかになれる面相を牛馬見なばいかにか見らむ　『つきかげ』

敗戦後の社会、世相は人々の生活の様を大きく変えました。多くの人が「貧」と「苦」にあえぐ中、成金といわれる人も現れます。そうした人へのアイロニーの一首でしょう。風刺漫画の一場面が思われます。

晩年のユーモア

さらに、晩年の茂吉はこういう歌も作っています。

人間は予感なしに病むことあり癒《なほ》れば楽しなほらねばこまる

欠伸《あくび》すれば傍にゐる孫真似す欠伸《あくび》といふは善なりや悪か

共に『つきかげ』にある歌です。こうした作品を、晩年の秀歌「目のまへの売犬《ばいけん》の小さきものどもよ生長《せいちやう》ののちは賢《かしこ》くなれよ」「暁《あかつき》の薄明《はくめい》に死をおもふことあり除外例なき死といへるもの」などといふ作品と共に読むと、何か不思議な感じを抱かざるを得ません。「癒《なほ》れば楽しなほらねばこまる」にしても「欠伸といふは善なりや悪か」にしても、何か表現が不徹底な気がします。誰もがもう少し何とかならないかと思うでしょう。

しかし、これも意識しない茂吉のユーモアだとすれば納得できるのではないでしょうか。茂吉にはこのような例は少なくなく、その境涯を知りえぬ比較的若い歌人は、「茂吉の変なところ」とか「茂吉の稚拙」などと評します。鬼の首でも取ったかのごとく声高に物言う歌人もいますが、しかし、茂吉は敢えてこのような一見稚拙な、衒《てら》いのない表現をして、もしかして人が笑ったり、馬鹿にすることがあってもそれを高所から見下ろして微笑しているというユーモアを感じるのです。欠点を欠点として悠々として残す、そんな人間の姿を思わせ、私は密かに喜劇の精神、ユーモアの心をそこに感じています。

茂吉が生涯尊敬してやまなかった書家、中林梧竹《なかばやしごちく》は晩年幼童の字を収集して研究し、自身の書に反映させ、屈託のない字を目指しました。そうしてできた幼童のような作品「鈍刀不裁骨」を晩年の日々茂吉は心の支えの一つにしていたのです。茂吉はそこに、したたかで豪放な芸術家の行き着いた姿を観たのではないでしょうか。笑いは出るかもしれないが厳粛です。

敢えて「癒《なほ》れば楽しなほらねばこまる」と幼童の言葉のように表現する。敢えて「欠伸といふは善なりや悪か」と年端も行かない少年のような物言いをする。ここには「短歌」という文学形式が型にはまってはならないとする、いわば豪放で且つユーモラスな歌風があると私は見るのです。それが茂吉の歌をより面白くしているのではないでしょうか。考えてみれば、ひとつの山は頂のみで成り立っているのではありません。低いところには低いところの面白さがあり、高所には高所の魅力があるわけです。

九、戦争と茂吉

テーマにしにくい戦争

茂吉ほどその業績と人間とが研究され、語られている歌人は少ないでしょう。研究書の類は実に多い。茂吉の鰻好きは特に有名ですが、生涯に鰻を何匹食べたかまで研究されて本になっているほどですから、推して知るべしです。茂吉はそれほど幅が広く、豊かな歌人だということでしょう。結局、現代の文学界にも歌壇にも多くの問題を投げかけているのが歌人茂吉であった、ということです。

戦争と茂吉とのかかわりについても、尋常を超えるところがあって、テーマにしにくい。こと戦争と茂吉については、私はついつい敬遠してしまって来たのが実情です。茂吉の歌を愛読し、作歌活動を範として自身の歌境を深めようとしながらも、戦争の歌をどう読んだらよいのか、茂吉の作歌生涯にそれをどう位置付けたらよいのか、思いが徹底できなかったのです。次元の異なる反戦運動などとの関係も面倒なことの一つでありました。しかし、日中戦争の時代に生まれ、日米戦争一色の時代に育ち、敗戦国日本の戦後を生きた歌人の私が、避けて終ることはできないことでもあります。茂吉を語る資格も問われましょう。

奇しくも、平成二十一年三月号「文藝春秋」に掲載された作家阿川弘之《あがわひろゆき》氏の「日米戦争と茂吉」という一文は、私の心身を覚醒させてくれたのです。『佐藤佐太郎集』（岩波書店）の編集委員もしていただいた阿川氏は、その集の七巻・八巻にある「茂吉随聞」を久々に読み返され、佐太郎の記録した茂吉の談片、茂吉の次男の北杜夫《きたもりお》氏（阿川氏友人）の文章などから日米戦争と茂吉との関係を考え、われわれに欠落しているところを補ってくれています。

私が強く感動を受けたのは、日米が開戦した昭和十六年十二月八日朝のところです。

「当日茂吉に会つてゐない佐藤さんの『随聞』より次男宗吉さんの著書の方が参考になる」として「我が友北杜夫（本名斎藤宗吉）が父親を描いた四部作の三冊目『茂吉彷徨』によれば、学校へ出かけようとしてゐる次男の前へ、二階からどかどか足音を立てて降りてきて、『宗吉、始まったぞ。アメリカと始まったぞ！』

興奮した声で言つたさうだ。日記には『老生ノ紅血躍動！』と書きこんであるといふ。その記述につづけて、著者宗吉の感想―。『現在では戦争に協力した者は悪とされているが、開戦時中学二年生であった私の体験から言うと、一般民衆は転落に向う祖国の状勢をとても判断できるものではなかった。（中略）それゆえ開戦の日に一部の人が、『曇天にパッと日が射したかのよう』と感じたのも無理ではなかった』。

傾聴すべき御意見だけれど、北さんの文章に一箇所贅言を加へるなら、曇天にパッと日が射したやうに感じたのは、実のところ『一部の人』だけではない。私は、大学の国文科生だつた自分が、『此の戦争には自分も何かをしよう。命を捨てることになるかも知れないが仕方が無い』、支那事変の鬱陶しさが晴れ上る思ひでさう考へたのをはつきり覚えてゐる。緒戦時、学生も学者も各界一流の芸術家もひつくるめて日本人の大多数が、先進国米英に対する軍の戦果の大きさに感動し、進んで戦争協力の姿勢を見せたのは、ごく自然な成行きであつた。茂吉先生はそれの代弁者に近い存在であった。

二十一世紀の我が国言論界をリードするであらう戦後生れの若い学究たちは、そのことをどうか脳裏に留めて置いて欲しい。さもないと、結果からして亡国への暴挙としか評しやうのないあの愚かないくさの顚末を如何に詳しく正しく書き綴つてみても、宗教問題抜きで宗教戦争を論じるのと同様、何処か大切な部分が一枚欠けた落丁本の如き労作になりさうな気がするから。」。

阿川氏の文章は、再び佐太郎の『茂吉随聞』に戻って続きます。「天才歌人のかういふ多面性を私は興味深いものに感じ、『戦争と斎藤茂吉』についてもつと知りたいと思つた」(「文藝春秋」平成二十一年三月号―阿川弘之「日米戦争と茂吉」)とも書いております。

今日の歌壇では、心に沁みる茂吉論を読むことはありません。日米開戦について、多くの日本人が「曇天にパッと日が射したやうに感じ」たのだということ、そして自らもこの戦争のために何かをすると決意し、「命を捨てることになるかも知れないが仕方が無い」と思ったというのです。これが戦時下のほとんどの日本人の思いだったのです。その根底に「先進国米英に対する軍の戦果の大きさに感動し」たのだとも言っております。

斎藤茂吉は、当然阿川氏の言う「学生も学者も各界一流の芸術家もひつくるめて日本人の大多数」の一人でありました。軍の戦果を讃えるおびただしい茂吉の歌は「ごく自然な成行き」として生まれたのであったのです。私は真正面から、私なりの「戦争と斎藤茂吉」に向き合ってみる思いになったのです。

近代戦争の全てにかかわる茂吉

明治十五年に生まれた斎藤茂吉という歌人は、日本が関係した近代戦争のすべてにかかわっております。考えてみれば不幸な巡り合わせとも言えましょう。今日七十一歳を迎える戦後生まれの人は戦争を知りません。戦争を知らない子供たちから、歳月を重ねて、今や戦争を知らない高齢者になりつつあるのです。比べて斎藤茂吉は近代日本がかかわったすべての戦争に何らかのかかわりを持っております。そうして我が国が歴史上初めて戦場となった日米戦争では、世界のどの国も国民をあげての総力戦でありましたから、当然として、国民の一人として、戦争に加担したのでありました。

各戦争と茂吉との関係は次のようになります。

日清戦争（明治二十七年～二十八年）

茂吉は十三歳になって高等小学校卒業の前年に当たります。その春、引率されて徒歩で鶴岡、湯浜、酒田をめぐる旅をして、初めて最上川を見ています。今日の修学旅行ですが、その旅を回想した随筆「最上川」（昭和十三年筆）には日清戦争の影のようなことが書きとめられていません。「六十里峠はまだ一面の雪であつたが、山国の少年等はそんなことには毫しも屈しない。『先生は福島中佐みたいだなえ』『ほだ、先生は福島中佐だ』こんなことを云ひ云ひ少年等は峠を越えた」とあります。当然日清戦争戦勝の報、あるいは富国強兵の影は、逐次みちのくの茂吉の生地、金瓶《かなかめ》にも届き、戦時色は少年らの心をも掻き立てもしていたに違いありません。

日露戦争（明治三十七年～三十八年）

茂吉は明治二十九年、上山《かみのやま》尋常小学校高等科を卒業すると同時に上京、東京浅草の斎藤紀一方に寄寓し、十年近い歳月が流れました。明治三十八年には二十三歳の青年になり、第一高等学校の卒業の年に当たっています。随筆「日露の役」には「日露戦役《にちろせんえき》のあつたときには、僕はもう高等学校の学生になつてゐた。日露の役には長兄も次兄も出征した。長兄は秋田の第十七連隊から出征し、黒溝台《こくこうだい》から奉天《ほうてん》の方に転戦してそこで負傷した」とあります。当時は、あの村では誰彼が戦死したなどという話が、日常になっていたようです。つまり、兄たちや友人が出征するという身近な形で、戦争が茂吉の身辺に迫っていたのです。

書《ふみ》よみて賢《かしこ》くなれと戦場《せんぢやう》のわが兄《あに》は銭《ぜに》を呉《く》れたまひたり　『赤光』

戦場《せんぢやう》の兄《あに》よりとどきし銭《ぜに》もちて泣き居たりけり涙おちつつ　同

兄らが出征し、戦場の兄が小遣いをくれたりする一方、その兄が負傷して帰るという現実もあったのです。

生きて来《こ》し丈夫《ますらを》がおも赤くなり踊《をど》るを見れば嬉しくて泣かゆ　（凱旋二首）『赤光』

凱旋《かへ》り来て今日のうたげに酒をのむ海のますらをに髯あらずけり　同

成人しているから、友人らは兵役体験をし、戦場から凱旋している者もあったのです。

第一次世界大戦（大正三年〜七年）

この世界戦争は茂吉は歌にしていません。第一歌集『赤光』に

たたかひは上海《しやんはい》に起り居たりけり鳳仙花紅《あか》く散りゐたりけり　大正二年

という有名な歌がありますが、この歌の「たたかひ」は、辛亥革命を契機とする中国の内戦です。

しかし、第一次世界大戦終了の三年後に茂吉は、敗戦国となったドイツ、オーストリアに留学、敗戦国の現実もつぶさに見、その傷痕も身に沁みることになったのです。日本はそのドイツに宣戦布告をして戦勝国となったのですから、茂吉の留学先は反日感情も強かったことでしょう。

戦《たたかひ》にやぶれしあとの国を来てわれの心は驕《おご》りがたしも　『遠遊』

祖国ドイツの悲しみの日よしかすがに燃ゆる心とけふを集《つど》へる　『遍歴』

十一月四日（日曜）、曇、時雨。服喪日

ながくつづく悲哀《ひあい》の楽《がく》は寒空《さむぞら》に新しき余韻を二たびおこす　同

ヴエルダンの戦《たたかひ》の跡とめくれば蟬も聞こえぬ夏深《ふ》けむとす　同

七月二十五日、ヴエルダン戦跡を弔ふ

なだらなる丘《をか》の起伏《おきふし》とおもへどもヴエルダンに来て心はたぎつ　同

青くかげるかの窪《くぼ》あひに数万《すうまん》のドイツの兵は命《いのち》おとしし　同

互《かたみ》なるたたかひは命《いのち》のかぎりにて善悪喜怒《ぜんあくきど》のさかひにあらず　同

ここに来て見るは遊びのためならずヴエルダンはなほ息《いき》づくごとし　同

これらの歌集の浄書時期がすでに、日米戦争下にありましたから、太平洋戦争の影もこれらの影にはありましょう。しかし、こうした歌の底には、土屋文明《つちやぶんめい》が次のように指摘している茂吉の戦争観が潜んでいるようにおもいます。

「この作者がなぜヴェルダン戦績を見に行ったかということは面倒な問題だ。作者は思想としての戦争肯定者ではないが、感覚としての戦争肯定者だと言っていいかも知れない。

つまり戦争というものを契機として、人間の生命があらゆる機能を発揮し、究極まで燃え上がるというものを見たかったに違いない。戦争を見にいったのではなく、人間の生命を見に行ったんだと私は解釈しておる。これは後年の、作者の戦争のものの考え方感じ方にも通じておるように私は信じておる。茂吉の対戦争観を批判する人たちは、この重要な点を知らないようだ」（土屋文明編『斎藤茂吉短歌合評』）。

この指摘は鋭く、茂吉は、「戦争というものを契機として、人間の生命があらゆる機能を発揮し、究極まで燃え上がるというものを見たかったに違いない。戦争を見にいったのではなく、人間の生命を見に行った」のであったに違いなく、歌人茂吉と戦争のかかわりはすべてここに帰結するように私は思います。確かに茂吉は、戦争の実際を全身全霊で受け止めその本質を見ようとしていたのです。

後の昭和十年の作に

「陣没《ぢんぼつ》したる大学生等の書簡《しよかん》」が落命の順に配列せられけり　『暁紅』

この歌は、第一次大戦でのドイツの学徒兵の手紙です。

日中戦争（昭和十二年〜昭和十六年太平洋戦争に発展）

戦争を身に迫るものとして多くの歌を作るようになります。

満洲より凱旋したる一隊を恋《こほ》しむがごと家いでにけり　『暁紅』

マドリッドに迫れる兵も濫《みだ》りなる戦死《せんし》を避けて動くことなし　『寒雲』

上海戦《しやんはいせん》の部隊おもへば炎《ほのほ》だつ心となりて今夜《こよい》ねむれず　同

おびただしき軍馬《ぐんば》上陸のさまを見て私《わたくし》の熱《あつ》き涙せきあへず　同

わが家の隣《となり》につどひし馬いくつ或日《あるひ》の夜半《よは》に皆発ち行けり　同

かたまりて兵立つうしろを幾つかの屍運ぶがおぼろに過ぎつ　同

戦ひて生終《いのちをは》りしもののふと云はば安《やす》けし悲しくもあるか　同

国《くに》のためささげまつりしたましひに君も交《まじ》りてここに還《かへ》れる　山口隆一大尉　同

かたまれる軍馬《ぐんば》の写真見るときはさながらにしてわれの身に沁む　同

日英の会談の記事日々読みて亢《たか》ぶるこころ静《しず》めにしづむ　『寒雲』

第二次世界大戦（昭和十四年〜昭和二十年）
後進資本主義国である日・独・伊三国（枢軸国）と米・英・仏・ソなど連合国との間に起った世界的規模の大戦争。昭和十四年九月、ドイツのポーランド侵入、英仏の対独宣戦により開始。

歌人斎藤茂吉は、国民総力戦という特色にもかかわって、戦争を主体的に受け止め、軍を讃え、戦意の昂揚を図る作歌を多くしました。その作品は全集の拾遺作品としてすべてが収められております。その選集たる歌集『萬軍』から例を引けば次のようなものです。

「新年頌歌」昭和十八年

とよあしはら瑞穂《みづほ》のくにの初春のあまつ光は勝を徴《しる》さむ
おごりたるかの敵国《てきこく》をきためむとまたたく間《ひま》もこころ忘れず
大きなる時《とき》にあたりて生《い》けるわれ力《ちから》きはめむとす一日《ひとひ》たりとも

あめ地《つち》にめぐりわたりて完《また》けかる勝《かち》の体制《たいせい》に吾もひとり居り
さいはひを言挙《ことあ》げむとす大きなるこの新年《にひとし》に逢ひらく吾は

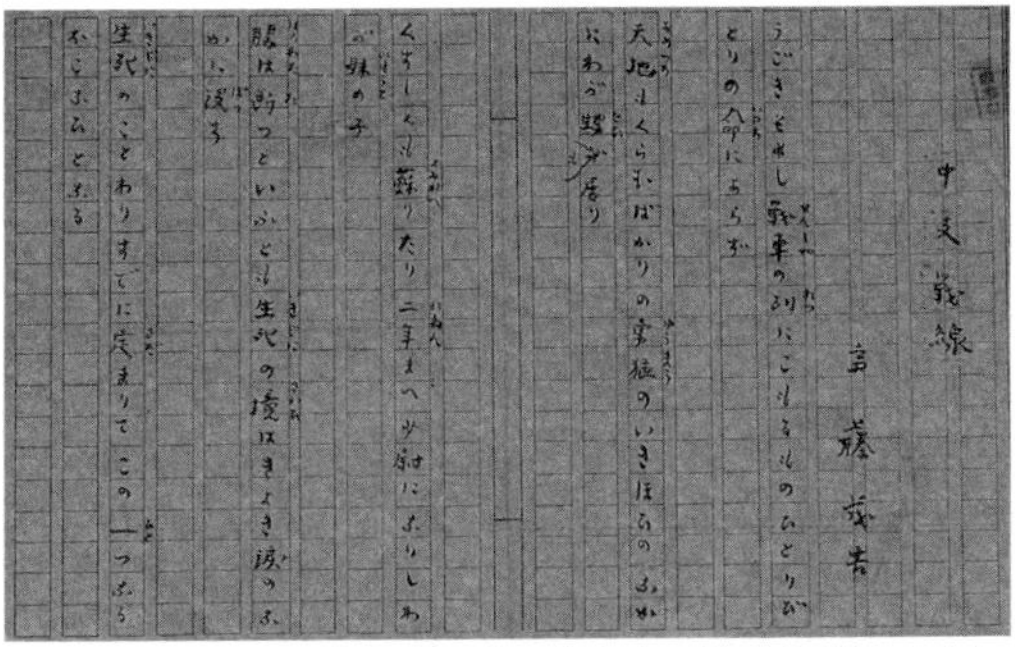

斎藤茂吉記念館所蔵自筆原稿。妹なを（全集年譜）さんに送る予定のものだったのだろうか。あるいは、自身を鼓舞するための浄書だったのだろうか。

この心死すとも止まじえみし等はつひの極《きは》み
に撃ちてし止まむ
敵せむるひむがし亜細亜の真力《まさぢから》あらはさむ
時いたりたらずや
心おごりてせまる老大《らうだい》の敵国《てきこく》の極《きは》まらむまで
撃ちにし撃たむ
肇国《はつくに》しらす天皇《すめらみこと》のみ言《こと》はや「撃ちてしやま
む」のこのみことはや
はつ国のそのいにしへゆ雄《を》たけびてすめらみ
ことも進みたまひき

これらの作品をどう読むかは、大きな課題です。いずれにしても歴史上の事実の反映として、顧みて行かなくてはならないでしょう。
他に、「中支戦線」など悲しい現実を詠嘆している作品もあることを忘れてはならないことです。戦争は、一億日本人の個々に否応なくせまっていたのです。

うごきそめし戦車《せんしゃ》の列《れつ》にこもるものひとりびとりの命《いのち》にあらず　『拾遺』
天地《あめつち》もくらむばかりの勇猛《ゆうもう》のいきほひのなかにわが甥《をひ》も居り
くすしくも蘇《よみがへ》りたり二年《にねん》まへ少尉になりしわが妹《いもうと》の子
腸《はらわた》は断つといふとも生死《いきじに》の境《さかひ》はきよき涙のなかに没《ぼっ》す
生死《いきじに》のことわりすでに定《さだ》まりてこの一つなるおこなひとなる

肉親の甥、即ち妹なをの子が戦場にて瀕死の負傷をし、一時は戦死と伝えられ、この一連の歌となりました。しかし甥は直ちに飛行機で日本の病院に運ばれ、一命をとりとめ、再出征もしています。こうした事実は、やがて米英への怒りともなったようにも思えます。

茂吉の戦争懺悔歌

茂吉には次のような戦争の懺悔歌もあります。痛ましいと言える歌ですが、こういう歌を残させるのも戦争だという思いが私には強く湧いてくるのです。

たたかひの歌をつくりて疲労せしこともありしがわれ何せむに　『白き山』

軍閥《ぐんばつ》といふことさへも知らざりしわれを思へば涙しながる　同

万軍《ばんぐん》はこの日本より消滅す浄《きよ》く明《あか》しと云はざらめやも　同

二とせの雪にあひつつあはれあはれ戦《たたかひ》のことは夢にだに見ず　同

たたかひのことを思へば心いたむこの山も五ヶ年の空白《くうはく》にして　『つきかげ』

終戦となりかうべを俯して行きし高萱《たかがや》の野《の》に霜ふらむとす　同

過去世《くわこせ》にも好《す》きこのんでたたかひし国ありや首《かうべ》を俯《ふ》してわれはおもへる　同

十、ふるさと山形と茂吉

茂吉にとってふるさとは聖地

インターネットグーグルアースを使って山形県を見て行くと、なるほど人の横顔のような形をしています。あるときバスガイド女史がいくばく得意そうに言ったので覚えていたのですが、その横顔で言うと後頭部に当たりましょうか、蔵王熊野岳の麓にあたるところが茂吉の生れた、現在の上山市《かみのやま》金瓶《かなかめ》です。これもグーグルアースで「金瓶」を検索し拡大して行くと、茂吉生家、ゆかりの寶泉寺《ほうせんじ》、金瓶の学校、須川、火葬場跡等のあるところが航空写真によって浮びあがってまいります。

鈴木啓蔵《すずきけいぞう》著『茂吉と上山―斎藤茂吉の生いたちとふるさと』では、茂吉の一首

ほそくなりて道のこり居りいとけなく吾はこの道を走りくだりき

に註解して、生き生きとこの金瓶を描写しています。それによると、茂吉の郷里・金瓶は、「蔵王山西麓にある。しかも往年、蔵王高湯の爆裂火口が出来たときその火山泥流が流れ流れて、これが最上川の一支流前川（一名須川とも言う）によつて末端を削られた所にあ

斎藤茂吉のふるさと金瓶略図（上山市《かみのやまし》金瓶《かなかめ》）

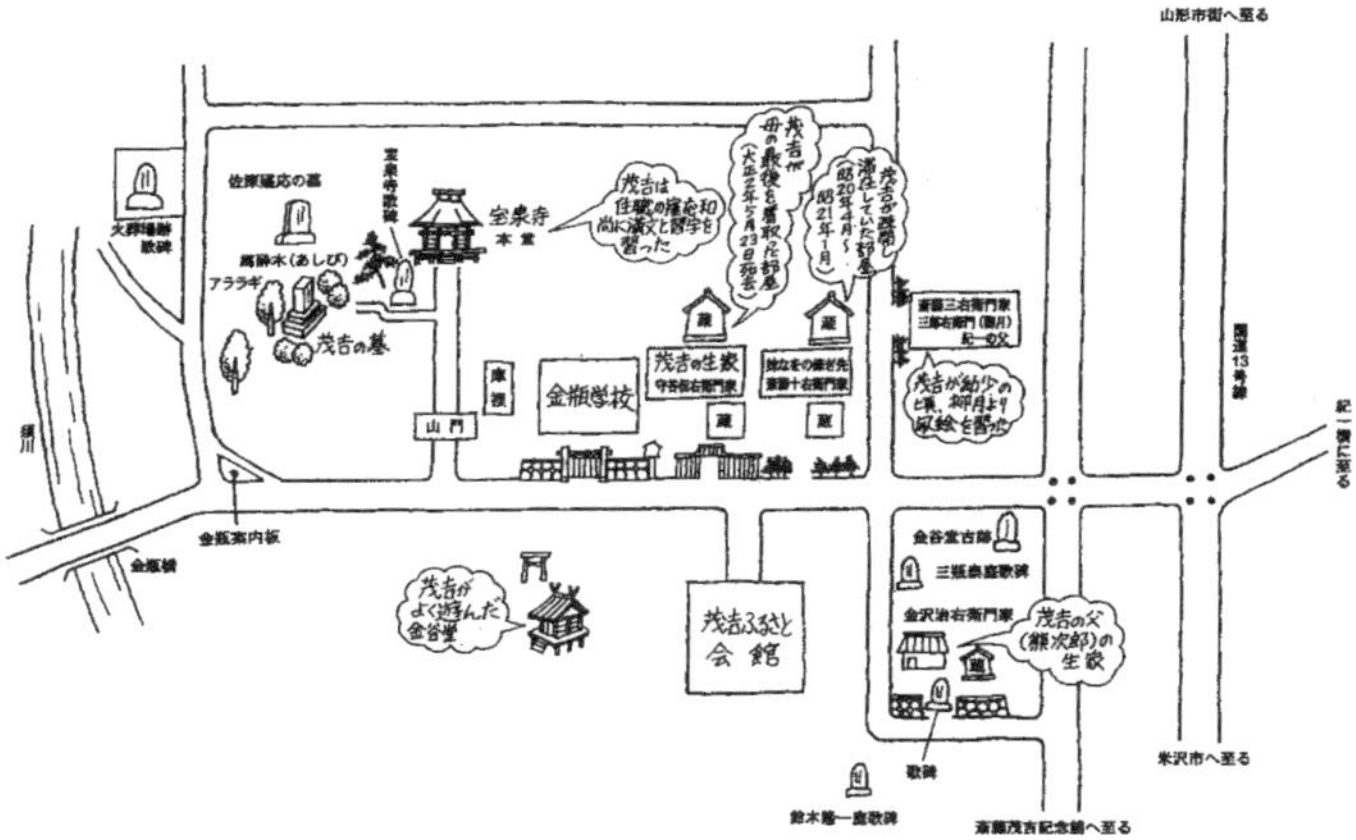

提供・斎藤茂吉記念館

る」

とあります。そして金瓶のいちばん下手《しもて》には、

「作者の生家の菩提所である宝泉寺が前川べりに在り、そのすぐ上隣りが生家という順序である。寺の門前には提を隔てて金谷堂神社があり、この辺が今でも村童には恰好の遊び場所となつている。」

となります。

斎藤茂吉自身も、自身の郷里を「朝影」という随筆の中で、次のように書いております。

「山形県上山町は私の生れた村から小一里南にある城下で、また古い温泉場である。私は此処の小学校を卒業した。上山は温泉町であるから、昔から相当に栄えたところで、出羽の最上では山形をのぞけば先づ上山といふのは相場であつた。碧梧桐《へきごとう》も曾て俳諧行脚をしたとき『出羽で最上の上山の夜寒かな』といふ一句を残してゐる。

上山では今ごろ朝の四時半といふとカナカナ蟬が一つの波動をなして鳴きはじめる。この声は一種哀愁の情を誘ふもので特に生れ故郷にあつてそれを聞くといふことは、老若によつてそんなに変りはない、沁々とした気持になるものである。つまりづうづうしく寝など居られぬといふ心の有様である。

そこで私も寝て居られずに宿を出て、温泉街の裏手の山の方に歩いて行つた。

まだ皆が眠つてゐて、たまに湯治客が共同湯に通るこゑなどがするばかりである。山の方の道になると全く人音が絶えてゐる。併し東方の蔵王山を中心とした脊梁山脈の空には、もううす黄色に明るみがさしかかつてゐる。私が少年のころ、かういふ光景を『湊が白んだ』と云つて父などから教はつたものである。山国にあつて『湊が白んだ』もをかしい言ひまはしだが、これは恐らく仙台あたりから輸入せられた言葉で、意味などの詮議を経ずに、そのまま代々使はれたものであつただらう。現在でも老農達はやはり『湊が白んだ』と云つて居る。」（昭和十一年八月）

ふるさとの特色を鮮やかに描写していると共に、ふるさとへの思いのにじみ出ている一文です。

茂吉は戦時中、東京の戦火を逃れ故郷へ疎開しましたが、これを「一種の旅」だったという指摘は、門人の佐藤佐太郎《さとうさたろう》がしているものです。この指摘は、茂吉とふるさと山形を考える上で一つのポイントになることです。

確かに人がやむを得ず家を離れ一種の非日常の生活をする、例えば入院生活や疎開生活は一種の旅です。しかし、西行《さいぎょう》や芭蕉《ばしょう》を出すまでもなく、人の生涯は旅にすぎなく、斎藤茂吉の生涯をつぶさに見て行くと、すべて旅であったように私には思えてなりません。どこへいっても大切にされた茂吉に対して失礼かもしれませんが、詩人としての茂吉の心は、安住の地のない旅人であったように私には思えるのです。しかも受難の多い旅人、巡礼者のような旅人だったように思えます。私も旅を愛する歌人のひとりですが、実は日常も旅の一瞬でしかないのではないかと、このごろしきりに思います。そして旅にあって日常のつづきの思いを抱き、日常にいて旅中のような思いを抱く。この世が仮の宿りに過ぎないという思いは年々切になっております。特に膨大な旅をしている茂吉にとっては、日常と旅とは判然と区別がつかないものであったのではないでしょうか。最晩年に

茫々としたるこころの中にゐてゆくへも知らぬ遠《とほ》のこがらし　『つきかげ』

という作を残しているのがその一つの証であろうと私は思うのです。この木枯らしの音は、ふるさと山形の木枯らし音であったでありましょう。茂吉は東京の新居に移って晩年の日々を過ごしていましたが、心はふるさと上山を漂泊していたのかもしれません。

芭蕉が「旅に病《やん》で夢は枯野をかけ廻《めぐ》る」と詠じた思いは、茂吉にもあったように私には思えるのです。郷里金瓶を出でて以来、とぼとぼと遠い道を旅し続けていたのではないでしょうか。

そういう抒情歌人茂吉にとって、故郷は聖地でありました。巡礼者が聖地に立ち返って新たな思いを起こすような力を与えたのが、ふるさと山形、上山、金瓶であったのではないでしょうか。郷里の山河に心から感謝をしつつ、その息吹を自ら生命の根源としていたのでしょう。ふるさとに熱い思いを抱きつつ、ふるさとは聖地ゆえに茂吉に偉大な力を与えつづけたのです。

聖地には、聖者に起源する聖地や人工的な聖地も存在しますが、茂吉のふるさとは自然的な聖地として十分に具体・具象の世界であったのです。

悲傷を癒した聖地ふるさと

茂吉の悲傷を癒した地でもあったふるさと山形、上山、金瓶。その思いが詠み込まれた作品群を見ていきます。

（一）「上山低徊《ていかい》」

「低徊」は思案にふけりつつ行ったり来たりすることです。茂吉は兄の最期を見舞うため故郷に帰っているのです。兄弟姉妹との死別は、父母の場合の悲しみと同様、あるいはそれ以上に切実で身に迫ります。

上山《かみのやま》のまちに鍛冶《かぬち》のおとを聞《き》く大鋸《おが》をきたふるおとこそ聞け　『石泉』

ひがしより日のさす山を開きたる葡萄《ぶだう》の園《その》もおとろへむとす　同

秋ぐもは北へうごきぬ蔵王《ざわう》より幾《いく》なだりたる青高原《あをたかはら》に　同

上山《かみのやま》の秋ぐちにして紫蘇の実を売りありくこゑ聞くもしづけく　同

裏戸《うらと》いでてわれ畑中《はたなか》になげくなり人のいのちは薤《かい》のうへのつゆ　『石泉』

医師でもある茂吉には、長兄廣吉が不治の病であることもわかったのでしょう。「人のいのちは薤《かい》のうへのつゆ」と悲嘆するのです。

重い悲嘆を負うのも聖地です。

（二）「上山滞在吟」「続上山滞在吟」

昭和九年の「上山滞在吟」二十首、「続上山滞在吟」三十二首は、聖地ふるさとを思わせるもう一つの連作です。歌集『白桃』の後記にある「私事にわたる精神的な負傷」によって、聖地ふるさとに身を置いて、蘇る力を待ったのでしょうか。

あさけより日の暮るるまで見つれども蔵王《ざわう》の山《やま》は雲にかくろふ　『白桃』

ひむがしに見ゆるかぎりの山脈《やまなみ》は厳《おごそ》かになり雪晴れにけり　同

人いとふ心となりて雪《ゆき》の峡《かひ》流れて出づる水をむすびつ　同

みちのくの山を蔽《おほ》ひて降りみだる雪に遊《あそ》ばむと来《こ》しわれならず　同

上ノ山《かみのやま》の町朝《あさ》くれば銃《つつ》に打たれし白き兎《うさぎ》はつるされてあり　　同

（三）「疎開漫吟」

更に、住まいも仕事場たる病院も焼かれ、漂泊者として疎開したのも聖地ふるさとでした。「疎開漫吟」（昭和二十年四月十日より、金瓶村齋藤十右衛門方に移り住む。をりをりの歌）はその心境を痛切に伝えています。

かへるでの赤芽《あかめ》萌えたつ頃となりわが犢鼻褌《たふさぎ》をみづから洗ふ　　『小園』

蔵の中のひとつ火鉢の燠《おき》ほりつつ東京のことたまゆら忘る　　同

のがれ来し吾を思へばうしろぐらし心は痛し子等《こら》しおもほゆ　　同

ここにしてひむがし見れば朝な夕な蔵王の山の雪きゆるなり　　同

空とほく時《とき》は運《めぐ》りてみちのくの蔵王《ざわう》の山の雪きえむとす　　同

おほよそに過ぎ来つるごと年老いてわれの見てゐる蔵王《ざうわう》の山《やま》　　同

みちのくの山形あがたの金瓶《かなかめ》は山鳩ちかく臥処《ふしど》にきこゆ　　同

小園《せうえん》のをだまきのはな野のうへの白頭草《おきなぐさ》の花ともににほひて 『小園』

あはれなるものにぞありける五十年にして再会《さいくわい》せる谷の泉《いずみ》の水 同

やがて茂吉は大石田に居を移し、疎開生活は続きます。

「紅色の靄」（昭和二十一年二月十四日（陰暦一月十三日）一連は、その滞在吟の始まりです。

「金瓶にて」（昭和二十年）（斎藤茂吉記念館蔵）

「大石田にて」（昭和二十一年）（斎藤茂吉記念館蔵）

雪ふりて白き山よりいづる日の光に今朝は照らされてゐぬ　『白き山』
きさらぎの日いづるときに紅色《こうしよく》の靄《もや》こそうごけ最上川より
今しがた空をかぎれる甑獄《こしきだけ》の山のつづきは光をうけぬ
われひとり歩きてくれば雪しろきデルタのうへに月照りにけり
大石田《おほいしだ》に移りきたればよわよわと峡《かひ》の入日《いりひ》は雪を照らせり

金瓶の生活も、大石田での生活も、巡礼者が聖地に赴くように歌人茂吉がたどり着いたところであったのでしょう。

ふるさと山形の歌数首

蔵王山

蔵王《ざわう》をのぼりてゆけばみんなみの吾妻《あづま》の山に雲のゐる見ゆ　『赤光』

『赤光』の作ですから、故郷に帰って実際に蔵王に登ったことがあったのでしょう。経験の声の籠っている蔵王の歌です。

陸奥《みちのく》をふたわけざまに聳《そび》えたまふ蔵王《ざわう》の山の雲の中に立つ　『白桃』

蔵王熊野岳山頂に歌碑となっている歌です。茂吉が生前に許可した唯一の歌碑でもあります。

湯殿山、出羽三山

わが父も母もなかりし頃よりぞ湯殿《ゆどの》のやまに湯は湧きたまふ　『ともしび』

出羽三山は、自ら信仰の山としたから、ふるさとの山として崇高に謳いあげています。

ちはやぶる神ゐたまひてみ湯の湧く湯殿の山を語ることなし　『たかはら』

湯殿山は芭蕉の時代でも見たことを人に語ってはならない信仰の山でありました。

やうやくに年老いむとして吾は来ぬ湯殿やま羽黒やま月読のやま　『ともしび』

山岳信仰の思いが自然に出ていましょう。

みちのくの出羽《いでは》のくにに三山《みつやま》はふるさとの山恋《こほ》しくもあるか

『ともしび』

故郷の三山を讃え、しのび、且つ誇らしく思っているのです。

心和《のど》にのびのびとして見はるかす鳥海山《てうかいさん》は晴れ月山《ぐわつさん》くもる

『ともしび』

心が自ずからのどかになって、のびのびとした心境で見るふるさとの自慢の山、鳥海山は晴れ、月山はあいにく曇っているなあというところでしょう。わが故郷の山という思いがしみじみと伝わってきます。

月山

月山《ぐわつさん》の山のなだりに雪げむり日ねもす立ちてそのいつくしさ

『ともしび』

月山の西側は急斜面だから、雪山のころの美しさです。「日ねもす立ちてそのいつくしさ」はうまい表現です。

羽黒

しづかなる羽黒の山や杉のまの石《いし》の階《きざはし》を僃ひつつのぼる

『ともしび』

私が以前、訪れた羽黒山もまさにこの通りのところで、「杉のまの石の階」は羽黒山の特色です。

最上川

最上川の上空《じやうくう》にして残れるはいまだうつくしき虹の断片《だんぺん》　『白き山』

第一句に「最上川」が来る歌が七十四首あるほどですから、茂吉と最上川は切っても切れない関係です。そして、この歌ほど美しい歌はほかにないのではないでしょうか。

かりがねも既にわたらずあまの原かぎりも知らに雪ふりみだる　『白き山』

第二の疎開地、大石田の雪です。同じ東北でも雪の多いところで「あまの原かぎりも知らに雪ふり」乱れるのです。荒涼とした寂寥感が一首全体から響いています。

最上川逆白波《さかしらなみ》のたつまでにふぶくゆふべとなりにけるかも　『白き山』

古今の絶唱といっていいでしょう。最上川であり、逆白波のたつまでの吹雪であり、それがやがて夕ぐれて行くのです。

みちのくの蔵王《ざわう》の山に雪の降る頃としなりてわれひとり臥す　『つきかげ』

家族と共に東京に落ち着き、茂吉は晩年を迎え、病床にあります。ひとり臥すとき心に湧くのは、ふるさとであり、蔵王です。生涯旅のような人生を送り、今定住地にあって、心を占めるのはふるさとであったのでしょう。

茫々としたるこころの中にゐてゆくへも知らぬ遠《とほ》のこがらし　『つきかげ』

朦朧とした意識にいて、聞こえるのも、行方も知らないふるさとの木枯らしの音であったわけです。

冬の魚くひたるさまもあやしまず最上《もがみ》の川《かは》の夢を見たりける　『つきかげ』

そして病床に見た夢は、ふるさと最上川の冬の魚だという。歌人茂吉・人間茂吉の心は、つねに旅にあり、多くは聖地山形、ふるさとにあったのでしょう。

十一、晩年の茂吉

斎藤茂吉の歌に

暁《あかつき》の薄明《はくめい》に死をおもふことあり除外例なき死といへるもの　『つきかげ』

という作品があります。死の三年前、昭和二十五年の歌で「晩春」という小題がついている一連にある作で、作者六十八歳の歌です。他に

並槻《なみつき》の若葉もえいづるころとなりこの老びとは家いでてくる　『つきかげ』

この国土を終焉《しゅうえん》の地としてシュテルンベルヒさん逝く国土《こくど》は晩春《ばんしゅん》　同

などの歌八首と共にあります。この年の十月、左側不全麻痺となるが、この歌はその前、春の過ぎ方の作で、ある意味では、麻痺の起る前兆を背景にしていたのかもしれません。

夜の明け方心が静まって目覚めていると、「死」を現実のことととして思うのが第一首。しかし、死は逃れ難く、「除外例のないものだ」としみじみと思うところです。それゆえに深刻にもなり、諦念をも導き出す。少なくとも、「除外例なき死」という言葉には、人間であることののっぴきならない現実を思わせ、同時にいくばくの慰籍を感じさせる響きもあったでしょう。全集「手帳六十五」に「除外例なしといふとも驚かず」というメモが残っていま

す。「驚かず」というのだからある程度の達観があって、この言葉を使ったように思われます。

第二首は、欅並木に若葉が出るころになれば、「この老人」即ち除外例なき死を暁に思う境涯になっている作者自身も、家いでて散歩などをする、というのです。「死」が遠い事とは思えない、晩年を迎えている人の詠嘆です。恐ろしいまでの真実がこもっています。

そういう日々に新聞の片隅に載った死亡記事は、身に沁みたことでありましょう。それを淡々と詠っているのが第三首。この国土、即ち日本を「終焉《しゅうえん》の地」として選んだ外国人だから、歌人茂吉の心に殊に響いた筈です。

作者が親しく「さん」付けで歌にしている「シュテルンベルヒ」という人はどういう人でしょうか。日本在住外国人リストで調べてみると、一九一三年〜一九一九年まで、東京帝国大学でドイツ法を教えた教育者であることが分かります。茂吉が東京帝国大学医学部を卒業し、医局にいたころに当たります。その頃に多少の交流があったことも考えられますが、定かではありません。とにかく、第二次世界大戦などを越えて「この国土を終焉の地」にしたのです。ドイツ留学も経験している茂吉にとって、感慨はひとしおであった筈です。ましてや、自身も晩年を迎えて「死」を思わないわけにはゆかない時です。身辺に迫って来ている「死」として、この新聞記事を見たのでありましょう。

死にどう対峙したか

その斎藤茂吉は、晩年の日々とりわけ誰にも等しく迫ってくる「死」と、どのように対峙していたのでしょうか。歌集『つきかげ』の作品からもう少し詳しくのぞいて見ましょう。
昭和二十二年の十一月に茂吉は、疎開先大石田を引き上げ帰京、東京の世田谷区代田にひとまず落ち着きます。その翌年昭和二十三年から死までの作品が歌集『つきかげ』の内容です。そして一年後の昭和二十四年ごろの作品から「死」がさまざまな形で作品に現れています。

一様《ひとざま》のごとくにてもあり限りなきヴァリエテの如くにてもあり人の死《し》ゆくは　『つきかげ』

おのづからのことなりながらこの世にて老いさらぼはむ時ちかづきぬ　同

同学《どうがく》の杉田直樹《すぎたなおき》の死したるはこの老身《らうしん》いなづまに打たれしごとし　同

単独に外出すなといふこゑの憂鬱となるけふの夕ぐれ　同

「死」を迎える人の実際は「一様」のようにも見えるし、「ヴァリエテ」（多様）にも感ずるというのが第一首。意識するともなく「死」はこんな思考を促してくるのでしょう。一年後になった既出歌「除外例なき死といへるもの」に先行する境地です。

第二首、「老いさらぼはむ時」を思うともなく思い、第三首、同学の友の死に烈しい衝撃を受けるのも、「死」と隣接する境涯だからです。

第四首、外見も相当に老い、且つ衰えを感じさせていたのでしょう、家族からは、単独の外出をいさめられ、思いもしない憂鬱に陥ります。人は誰でも自らを完全に客観視することはできないから、遠慮のない肉親から本当のことを言われ、思いもかけない衝撃を受けるのです。

忠犬の銅像の前に腰かけてみづから命終《みやうじゆう》のことをおもふや　『つきかげ』

朦朧としたる意識を辛うじてたもちながらにわれ暁《あかつき》に臥す　同

風の吹くまともにむかひわがあゆみ御園の橋をわたりかねたる　同

おとろへしわれの体《からだ》を愛《は》しとおもふはやことわりも無くなり果てつ　同

死のほぼ三年前に当たるのが、昭和二十五年です。第一首、かつて幾度となく心遊ばせ、あるいは多くの人と出会った「浅草」。この浅草に向かうには最寄りであった「渋谷駅」が起点でありました。その懐かしい駅前、忠犬ハチ公像近くに坐っていると蘇ってくるものは当然さまざまでありましょう。そのさまざまの中に自らの「命終」のことさえあるようになったというのが第一首。厳しい境涯を伝えています。

他の三首は、老い衰えた自らの様を詠嘆しています。第二首、おそらく暁には日々眼がさめ、朦朧とした意識を自ら嘆きつつ臥していたのでありましょう。茂吉晩年のこの「朦朧」は相当に深刻でありました。

佐藤《さとう》佐《さ》太郎《たろう》の『斎藤茂吉言行』を摘録すると、「ときどきぼうっとして意識がなくなる」（昭和二十五年十月十六日）、「死亡の死だな、死の夢ばかり見るよ。ぼんやりした状態で見ているんだな。そういうときは小便にでも起きてしまえば意識がはっきりするんだが、苦しい状態で夢を見ているからね。佐藤君、人にはいわないでくれたまえ」。「このごろは幽霊のようなものが出てくるよ。いまさらそんなものをみるのは悟りを開いてないようだが、悟りは開いていても現実に苦しいからね」。「僕は歌はこれで終止符をうったつもりで、これからは意味が通ろうが通るまいがかまわない、でたらめな歌を作るよ。これは君だけが承知していてくれたまえ」（昭和二十五年十一月一日）。

死への達観は茂吉には確かにあったでしょう。しかし実際の苦しみは簡単に耐えられることではない。それが「悟り」云々という言葉に表れています。除外例なく通過せねばならない、人の哀れというものでありましょうか。

第三首、体の衰えは、強い風に向かって歩くと橋もわたれない状態でもあったことを伝えています。

この歌は、昭和二十五年十二月二日、新宿御苑の散策での作であることがやはり、佐藤佐太郎の随聞の記事によって解ります。「池のところまで来て、土橋を渡ろうとしたが二人ならんでは渡れないし、先生は足もとがふらふらしているので渡るのをやめた。池にそって右のほうの原をのぼって行く。そのとき強い風がふいて来た。先生は倒れそうになる。杖でからだをささえ、口をつよくむすんでいる。私が左手をとってなお前方に行くが五、六歩あるいては先生はたちどまる。『風がつよくてふっとばされる。人間のからだは軽いもんだからね』。先生はうすい黒絹の襟巻を頭からかぶり、私が帽子をもち手をとってひきかえすことにした」とあります。歌の背景であると共に、晩年の茂吉の姿が浮き彫りにされています。

かくまで老い衰えても茂吉は詠い、その歌は私たちを魅了してやまないのです。

第四首は、「おとろへし」自身の体《からだ》を愛しみ、大切にする道理、必然性、値打のようなものが、既にまったくなくなってしまった、と自嘲している作です。自嘲には違いないが、実際どうにもならない体力の衰えを実感しているのでもありましょう。悲しい現実です。

この年十一月に、新宿区大京町の新居に移りましたが、次兄守谷富太郎が亡くなり、言い難い打撃を茂吉は受けていました。

それでいてこの年に

恋愛はかくのごときか本能もなよなよとして独占《どくせん》を欲る　『つきかげ』

という作もあるのです。これが歌人茂吉であり、人間茂吉の晩年です。

次に、昭和二十六年の作品を見てみます。

枇杷の花冬木《ふゆき》のなかににほへるをこの世のものと今こそは見め　『つきかげ』

北よりの雲をさまりて啼きわたる鴉《からす》のむれを見らく楽しも　同

真実の限りといひて報告す部屋の中にて折々倒る　同

これらの作は「死」を直接には言っていません。一首目、あたり一面冬枯れのなかに、枇《び》杷《わ》の冬花のみが「にほへる」ように、つまり美しく目立って咲いています。それを見おさめとして「この世のものと今こそは見め」というのです。切実です。

二首目の鴉の歌でも同じです。「鴉《からす》のむれ」などがなぜ「見らく楽しも」なのか。やがて

「文化勲章受章時、斎藤家の人々」（斎藤茂吉記念館蔵）

この世を去れば、こんなありふれたものさえ人は見ることが出来なくなるのです。

そして三首目、「部屋の中にて折々倒る」という状態になる。死を目前にした人の真実の限りで、こうして死は音を立てて迫って来るのです。それは人であれば誰にも公平にやってくる晩年です。

老い且つ弱り果てて行く人間茂吉、それをもう一人の歌人茂吉がシビアーに凝視し、前代未聞の短歌を残しています。それが茂吉の晩年です。

この年にも色欲を詠んだ

わが色欲いまだ微かに残るころ渋谷の駅にさしかかりけり

『つきかげ』

という作があります。リベラリストの人間茂吉、それを見つめる歌人茂吉を深く思わせてやまないでしょう。
そして、翌二十七年はほとんど作歌がない。作歌が不可能な状態を迎えたのです。

いつしかも日がしづみゆきうつせみのわれもおのづからきはまるらしも

『つきかげ』

まさに辞世の歌です。今までに見るぎりぎりの真実の響きは、この歌には感じられない。何か一般化された詠嘆のようにも思えます。かくまで老と衰えが容赦なく来たということでもあったのでしょうか。

昭和二十八年、二月二十五日永眠。この年の二月からテレビ放映が始まりました。

茂吉の晩年の旅

それにしてもまさに晩年、老い且つ衰えて、これだけの歌が出来ていることに私は改めて驚愕します。他の

ひと老いて何のいのりぞ鰻すらあぶら濃過《こす》ぐと言はむとぞする

『つきかげ』

目のまへの売犬の小さきものどもよ生長《せいちやう》ののちは賢《かしこ》くなれよ　同

場末をもわれは行き行く或る処満足をしてにはとり水を飲む　同

茫々としたるこころの中にゐてゆくへも知らぬ遠のこがらし　同

など、人口に膾炙されているものも含めて、一読心に沁み、その光景と心情とが読む者の心に飛び込んで来ます。この死のぎりぎりまで衰えさせなかった作歌魂は、どこから来ていたのでしょうか。これだけの秀歌を生ませたものは何であったのでしょうか。

勿論、さまざまな要素が複雑に絡みあって、実現させたもので、単純に割り切って言うことはできません。天才もあるし、長年の蓄積もありましょう。時代の要求もあったでしょうし、茂吉家の戦後事情も含まれていましょう。

そうしたさまざまな中で、私が注目するのは、歌人茂吉がつねに詩的な精神を鍛練していたという事実です。このあたりを茂吉読者は見逃してはなりますまい。

昭和二十三年十月、東京に落ち着いてほぼ一年過ぎた老身茂吉は、正倉院を拝観する旅を十五日間にわたって実行しています。正倉院の他に、京都、石見湯抱《いわみゆがかい》、備後布野《びんごふの》、名古屋等をめぐっています。この旅が歌人茂吉の生涯を締めくくる結果になっていると同時に、以後の晩年の作歌を支える糧になっていることは、間違いのないことです。この旅の途上京都では、新村出《しんむらいづる》、澤瀉久孝《おもだかひさたか》、吉井勇《よしいいさむ》、川田順《かわだじゅん》といったそうそうたる学者、同時代歌人に会っていますし、この年の十一月には、日本画の巨匠川合玉堂《かわいぎょくどう》を訪ねてもいます。歌人茂吉はこのようにして芸術心・詩精神を大いに刺激し、晩年の創作の力を蓄えていたのではないでしょうか。こういう精神の鍛え方は歌人茂吉・人間茂吉が生涯、人知れずなしつづけてきたことでもあります。

茂吉の晩年を支えた書画

平成二十二年三月、斎藤茂吉御遺族・斎藤家から、茂吉愛蔵の書画類、貴重な資料の手帳、書簡等が数多く、山形県上山市斎藤茂吉記念館に寄贈されました。その特別展―収蔵資料展は、深く感動するものであり、晩年の歌人茂吉を思わせずにおかないものでありました。茂吉が老化と病に耐え、衰えぬ作歌力を発揮したのはこれらほんものの書画から受ける啓示によるところ大であったのではないでしょうか。忘れてならないことでしょう。

歌人茂吉が生涯傍らに置き、折々にその精神を養い、戦時下や晩年の厳しい日々の生を支えた書画は、晩年臥床している部屋に常に飾ってあったと言います。

例えば、茂吉の友人で日本画家、アララギの歌人でもあった平福百穂《ひらふくひゃくすい》の画「アイヌ」。この画については、昭和二十年一月十六日の佐藤佐太郎著『斎藤茂吉言行』に次のようにあります。平福百穂画集を見つつ「〈アイヌ〉はいまみてもいいもんだね。そのころは穏田に居たんだが、これを画くときはよく行って見て知っているが、はじめは桑の枝のさきを切ってそれで描いていた。素朴で強い線を要求したんだろうな。これは毛筆だが、間際になって描きかえたんだ」。

この随聞の記事は、画集を見ての感想ですが、寄贈品はきちんと軸装してあり、輝子夫人

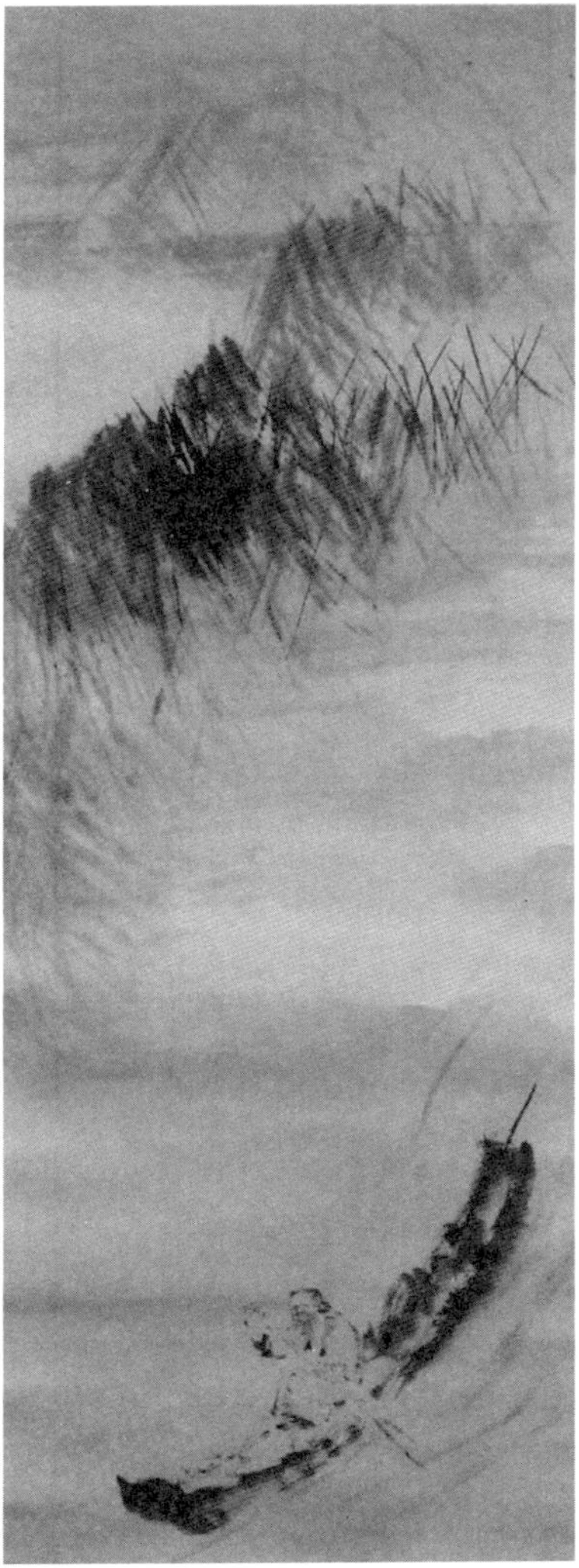
平福百穂「アイヌ」（斎藤茂吉記念館蔵）

がしばしば掛け替えて、病床の茂吉に見せていたものです。
この「アイヌ」は明治四十二年第三回文展出品作品で、百穂の出世作品でもあります。

平福百穂「椿」（斎藤茂吉記念館蔵）

「窿応上人像」（斎藤茂吉記念館蔵）

平福百穂画「椿」。昭和十九年三月十三日、佐藤佐太郎が茂吉を訪ねると部屋に書画がいくつか掛けてあります。百穂のこの「椿」もそのひとつでありました。「僕はちゃんとしたものはこれくらいのもので、後は〈鶉〉だけだ。これもかけておくとだんだんのびてくるもんだね」（椿図）。「画債の整理（百穂没後）に、こういうものに僕が賛をしたからね。五、六万あったかな。お礼にこれをもらったんだ」（百穂蓮華寺和尚）。

この「蓮華寺和尚」は、少年茂吉に深い影響を与えた窿応《りゅうおう》和尚の図でこれも寄贈を受けて、斎藤茂吉記念館蔵となっております。

この特別展示で、これらの画を一堂にて同時に見ることが出来、感慨を禁じ得ないものでありました。

最晩年の昭和二十六年四月二十日の茂吉随聞にも平福百穂の絵のことが出て来ます。「床の間には今日は平福百穂の〈蓮華寺上人〉の下絵がかけてあった。『家内がかけかえるんだ。〈窿応和尚〉は僕がもらうはずだったが、先生があまり西洋の悪口をいうもんだから僕がちょっかいをいれるもんだからね。（略）先生も大家になったし、以前は先生も僕らの意見をきいたがね。これは先生が亡くなってから奥さんにもらって表装したんだ』」。

また例えば、書家中林梧竹《なかばやしごちく》のもの。「為茂吉生　大聖文殊菩薩　梧竹居士拝書」については、すでに第一章で書いてあるとおりです。この「大聖文殊菩薩」は晩年、歌にもしております。

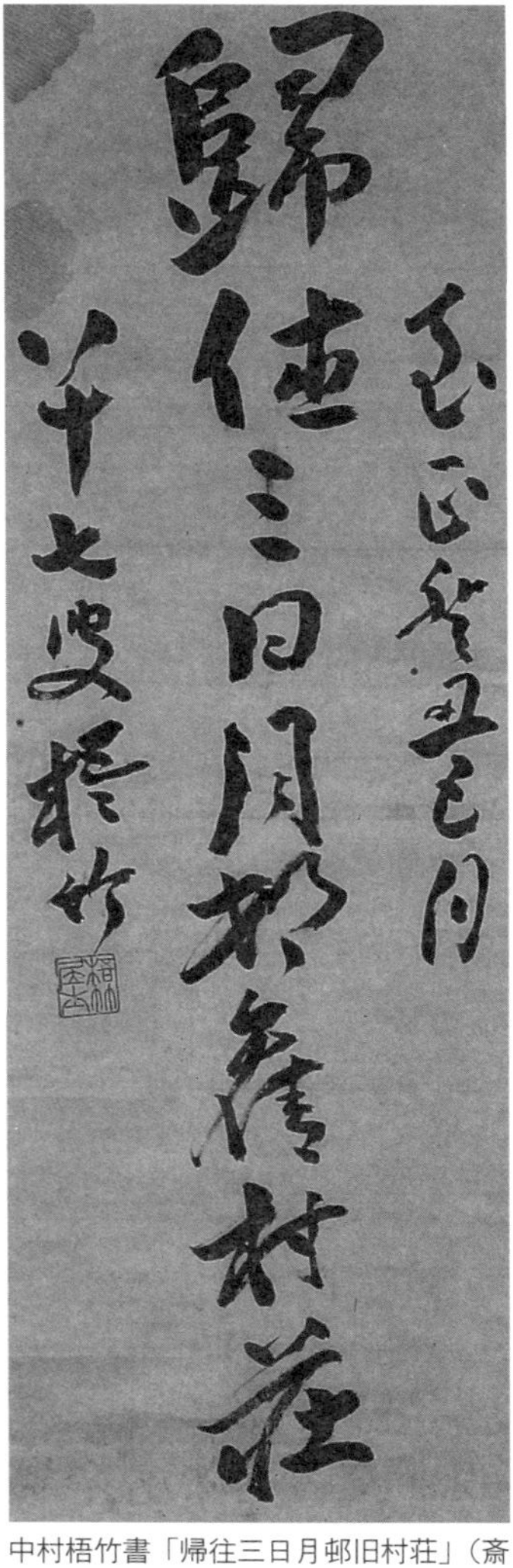
中村梧竹書「帰往三日月邨旧村荘」（斎藤茂吉記念館蔵）

『つきかげ』

大聖文殊菩薩中林梧竹拝書少年茂吉十五歳のため

昭和二十五年十二月二日の佐藤佐太郎筆の随聞にもこの書は登場します。床の間にこの書が掛けてあり、立ったついでに佐太郎が書を見ていると茂吉が語ります。「それは僕が上京した十五歳のときだ。本所に黒川という質屋があってそこに梧竹はいたがね。そういうことも書いておきたいが、いまはできない」。歌はその翌年昭和二十六年の作ですから、この軸が長く掛けてあったのでしょうし、歌人茂吉の心を特に支えたものであったに違いありません。

　中林梧竹八十七歳の字「帰住三日月邨旧村荘」については、昭和二十五年二月二日の茂吉随聞に出ています。「客が、広津氏（註、和郎。小説家）が先生の字をほめているというと『いや、字はもうだめだ。手がふるえてね。もう書けない。それであんな（床の間に顔をむけて）梧竹の書をかけてみずから慰めているんだが、梧竹は天下の書家ですからね。たいしたもんですよ。それが八十七歳にもなるとこういう字を書いているんだからね』と言われた」。

　歌人茂吉は自身の作歌に置き換えて晩年の梧竹の字を見ていたのでしょうか。茂吉は、「これからは意味が通ろうが通るまいがかまわない、でたらめな歌を作るよ。これは君だけ

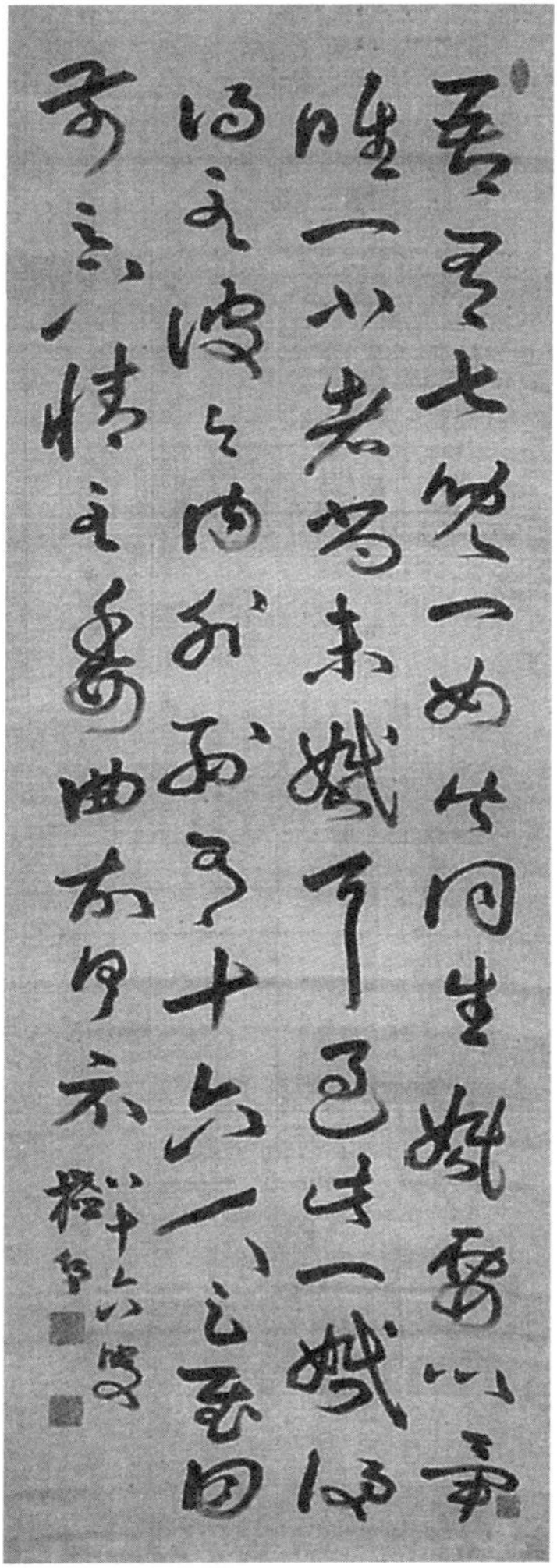
中村梧竹書「帰住三日月邨旧村荘」（斎藤茂吉記念館蔵）

が承知していてくれたまえ」と門人佐太郎に語っています。それは梧竹の書に学んでのことかも知れません。

中林梧竹八十六歳の字「吾夕七児一女　皆同生　婚娶以畢唯一小者　尚未婚耳過此一婚便得至彼　今内外孫有十六人　足慰目前　足下情至委曲　故具示　八十六叟」についても昭和二十五年十二月十三日の茂吉随聞にあります。「床に梧竹の三行の草書がかけてある。『空襲の日に岡（麓）先生を見舞って、先生は寝ていたがね。これを出してきてかたみにくれたんだ。僕は抱いて帰ったよ。疎開の荷物もできてしまったあとだから上ノ山へ行くときはかかえて行った。これは死ぬ前年（梧竹八十六歳）で中風で手がきかなくなるその境のころだな。いいもんですよ』」。

梧竹は満年齢の八十六歳でなくなっていました。茂吉の話は数え年の年齢で、先の梧竹八十七歳の字「帰住三日月邨旧村荘」は、その没年の作品ということになります。

こうした具体的な書や画は、晩年の茂吉の心を鎮め、且つ心の糧となっていた筈です。『茂吉小話』にある「梧竹帖」の現物他、梧竹のものを茂吉は多く収集していて、それらがすべて晩年の歌人茂吉の詩精神を高めていたように私には思えるのです。

昭和二十六年の四月二十日、門人佐太郎の前で、短冊を書くことになります。茂吉随聞で「君のを書くのは気がらくでいいよ。こういうもんでも夢中で書いて梧竹の（晩年の）ように書こうとおもうんだ。どうもそれよりしかたがないね」と言っています。梧竹の書に境涯にしたがった「夢中」を感じて、作歌に応用していたことがはっきりするのです。茂吉のディオニュソス的作歌姿勢は、衰えた晩年でも変わらなかったのです。

他の、伊藤左千夫《いとうさちお》の書、森鷗外《もりおうがい》の書（詩）、良寛《りょうかん》の書、岡麓《おかふもと》の書、古泉千樫《こいずみちかし》のもの

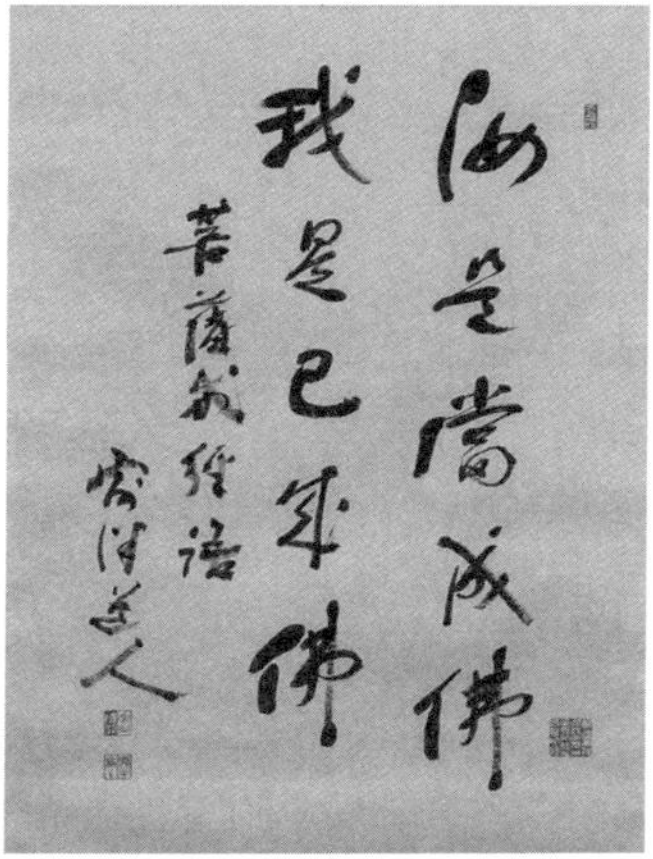

「茂吉が愛蔵した露伴の字」（斎藤茂吉記念館蔵）

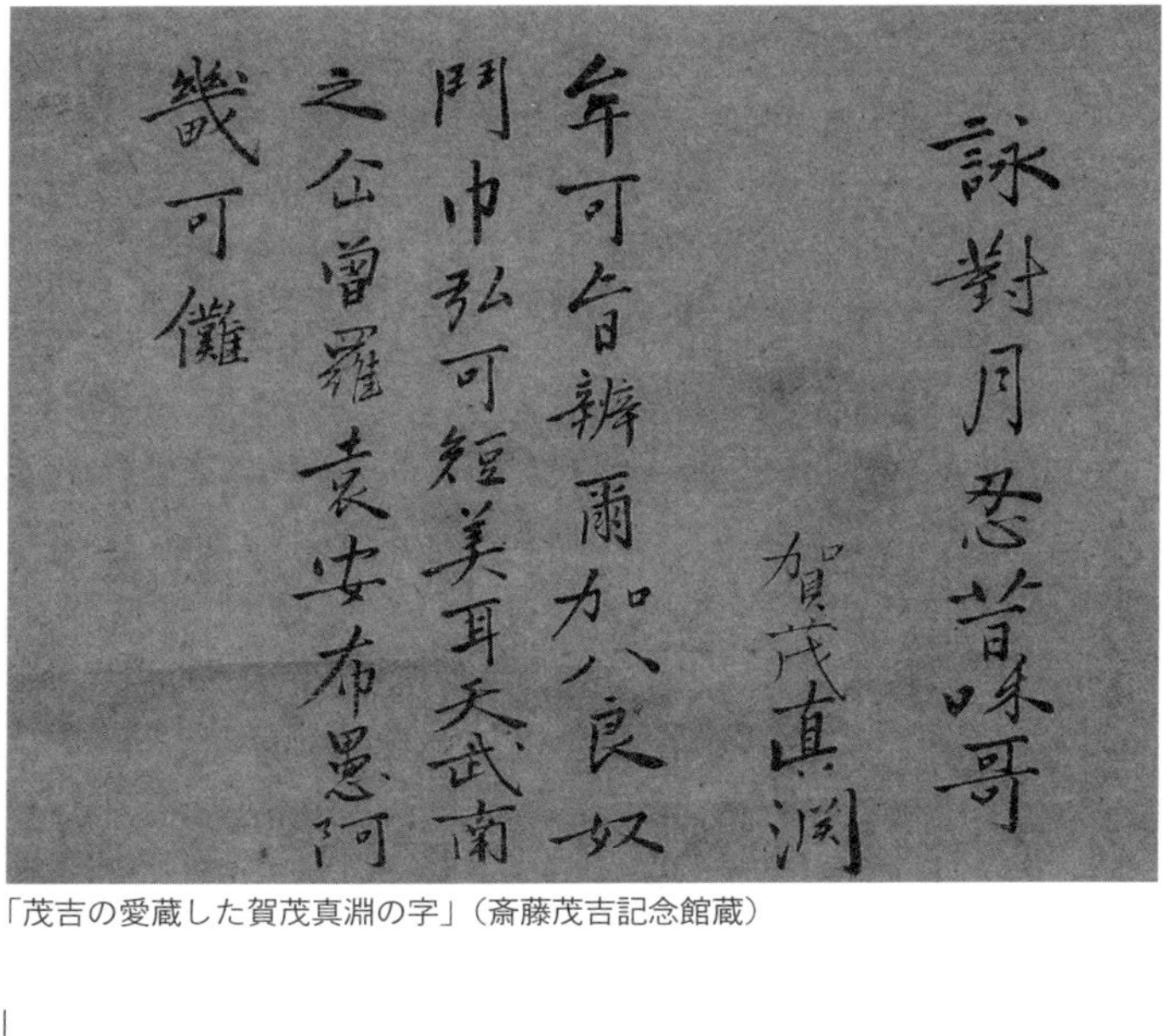

「茂吉の愛蔵した賀茂真淵の字」（斎藤茂吉記念館蔵）

（歌）、尊敬すること厚かった幸田露伴《こうだろはん》の書、賀茂真淵《かものまぶち》の書、等々斎藤茂吉記念館に寄贈された茂吉愛蔵書画は、晩年の歌人茂吉の心の糧となり、人間茂吉に生きる力を与えていたものです。

十二、茂吉絶唱十首

絶唱の視点はさまざま

斎藤茂吉の生涯の作歌一万数千首の中から絶唱を十首に絞ることはほとんど不可能です。しかし、愛唱できる作品を無理のない数に限定して、おりおりに口ずさむことは楽しく且つ人の心を育てます。短歌を愛し、作歌を続けようとするには、この心掛けが極めて大切だと私は考えております。

本当は、尊敬する歌人であれば、わざわざ覚えようとしなくても、百首でも二百首でもいつの間にか記憶出来ていますが、絶唱という視点を持つと、また別です。今斎藤茂吉の絶唱十首を選ぶとすれば、十人いれば十通りのものが出てくるでしょうし、同じ人でも若い時に選ぶ絶唱十首と高齢になってからのそれとでは異なりましょう。文学作品の受けとめられ方はそういうものです。

だからまた楽しく有意義なのであって、それぞれの茂吉読者がその都度その都度「十首」を絶唱して行けば、必ず心の糧となり、精神が鍛えられて行くことでしょう。短歌を読む、あるいは作る上で、斎藤茂吉が生涯そうでありましたように、常にこの「精神を鍛える」ということを心掛けることが重要です。そのために「絶唱十首」を実行していただきたいと思います。

選出の視点は自由です。例えば四十歳の人は、茂吉四十歳作の絶唱を選ぶのもよいし、恋愛中の人は恋愛十首もよいし、病気中の人は闘病十首を選ぶことも出来ます。それぞれの境涯に従って選出すれば思いがけない発見をすることも少なくない筈です。

ここではそんなことを思いつつ一例として、斎藤茂吉の二十代、三十代、四十代、五十代、六十代それぞれから私が思う絶唱を選んでみます。当然円熟した五十代、六十代には絶唱は多いのですが、とにかく「生涯」を見渡して考えて見ることにしましょう。

まず二十代。茂吉の二十代の作歌は『赤光』だけです。

木のもとに梅はめば酸しをさな妻ひとにさにづらふ時たちにけり　『赤光』

まずこの歌が私の心からは離れません。茂吉は同郷の精神科医斎藤紀一の養子となり、その娘てる子と許嫁の関係にあるころの作です。茂吉二十八歳、まだ正式な結婚はしていなく、許嫁のてる子は十数歳年下で学校に通っている頃です。「をさな妻」が実に的確に響きますし、そういう特殊な間柄にある詩的な意味も思わせます。梅を齧ったりするその「をさな妻」の仕草に、人に恥らうような女らしさを感じ愛しんでいるところ。「さにづらふ」は少女などにかかる枕詞でありますが、茂吉は言葉を自身のものにして自分流に使っております。よい意味の若さでありましょう。輝くような青春像が出ております。

他に、本書に今まで出さなかった絶唱候補作品をあげます。

けだものは食《たべ》もの恋ひて啼き居たり何《なに》といふやさしさぞこれ　『赤光』

雪のなかに日の落つる見ゆほのぼのと懺悔《ざんげ》の心かなしかれど　同

ひんがしはあけぼののならむほそぼそと口笛ふきて行く童子《どうじ》あり　同

なげかへばものみな暗《くら》しひんがしに出づる星さへあかからなくに　同

三十代は、歌集『あらたま』と『つゆじも』の時代です。

あかあかと一本《いっぽん》の道《みち》とほりたりたまきはる我《わ》が命《いのち》なりけり　『あらたま』

西洋画にも日本画にも一本の道が描かれて暗示的な絵がありますが、この歌は同じ感じを捉え表現している作です。明るく日に照らされている一本の道が続いている、この道こそ未だ若い、わが命とも言うべき進路だというのです。作者には長い未来があるからこの一首が生きているのであり、単純に力強く言い得て、三十代の茂吉の力量を偲ばせるものです。

ゆふされば大根《だいこん》の葉《は》にふる時雨《しぐれ》いたく寂《さび》しく降《ふ》りにけるかも　『あらたま』

晩秋の冷たい雨が夕ぐれてきた大根の畑に降っています。時雨は青い大根の葉に相当に強い音をたてて降っていましょう。あたりは夕ぐれて薄暗いのに、一面の大根の葉は、一層青く且つ冷く感じさせています。「いたく寂しく」は主観的な感傷をずばり表現していて快くひびいております。余情としてその雨音が聞こえるようでもありますし、そぞろ寒さも感じさせます。

この時代は人によって絶唱の取り上げ方が随分違ってまいりましょう。三十代には、次に紹介する歌も絶唱候補としてあげられます。

草《くさ》づたふ朝《あさ》の蛍《ほたる》よみじかかるわれのいのちを死《し》なしむなゆめ　『あらたま』

ものの行《ゆき》とどまらめやも山峡《やまかひ》の杉《すぎ》のたいぼくの寒《さむ》さのひびき　同

ゆふぐれの泰山木《たいさんぼく》の白花《しろはな》はわれのなげきをおほふがごとし　『つゆじも』

わがいのちをくやしまむとは思はねど月の光は身にしみにけり　同

はるばると砂に照りくる陽《ひ》に焼けてニルの大河《おおかは》けふぞわたれる　『つゆじも』

などに注目する人も少なくないでしょう。

四十代の歌集には、『遠遊』、『遍歴』、『ともしび』、『たかはら』、『連山』、『石泉』の六冊がありますから、人によって選出が異なるのは当然です。

黒林《こくりん》のなかに入りゆくドウナウはふかぶかとして波さへたたず　『遍歴』

「ドナウ源流行」を代表する歌。「黒林」は南ドイツ特有の樅《もみ》の森、常緑樹の森で、下草、低木の類が伸びることのできないまでの密集ぶりです。そこへ深々として波さえ立てないドナウ河の水が流れてゆくのです。その感じがよく捉えられている歌です。

南かぜ吹き居《を》るときに青々と灰のなかより韮《にら》萌えにけり　『ともしび』

韮《にら》は芽ぶく土に灰をかけて芽を守り肥料にします。そうした灰をぬき出でて、ごっそりと韮の芽が出ているところです。この作品については、「灰のなかより」が暗示的だとも、この情景が「自然界に於ける一種の香」(『作歌四十年』)だとも茂吉自身が言っております。この歌の魅力はそれに尽きますが、一首が醸し出している生き生きとした世界はいわば象徴的で、その象徴される中には、茂吉が新しい軌道を進み始めた作歌上の新境地も、生活上のことも含まれるでしょう。

松かぜのおと聞くときはいにしへの聖《ひじり》のごとくわれは寂《さび》しむ　『たかはら』

「近江番場八葉山蓮華寺小吟」のうちの一首。松風の音を聞いていると昔の高僧のような心境になって何となく寂しい感じだというのです。松風の限りなく清く、人の心に沁みてやまない響きへの讃歌です。

四十代の秀歌では、次のような作品を絶唱と考える人もいるでしょう。

黒貝《くろがひ》のむきみの上にしたたれる檸檬《れもん》の汁は古詩《こし》にか似たる　『遠遊』

かへりこし家にあかつきのちやぶ台《だい》に火焔《ほのほ》の香《か》する沢庵を食む　『ともしび』

うつしみの吾がなかにあるくるしみは白《しろ》ひげとなりてあらはるるなり　同

くらがりをいでたる谷の細川は日向《ひなた》のところを流れ居《を》りにき　同

直ぐ目のしたの山嶽よりせまりくるChaos《カオス》きびしきさびしさ　『たかはら』

石亀《いしがめ》の生める卵をくちなはが待ちわびながら呑むとこそ聞け　『たかはら』

ひぐらしの鳴くころほひとなりにけり蜩《ひぐらし》を聞けば寂しきろかも　『石泉』

五十代は、歌集『白桃』、『暁紅』、『寒雲』、『のぼり路』の時代で、秀歌の多い時であります。

こがらしも今は絶えたる寒空《さむぞら》よりきのふも今日も月の照りくる　『白桃』

昭和八年満五十一歳の時の作です。晩秋から初冬の木枯が毎日のように吹く季節が過ぎて、寒い空から月が皓々と照っています。昨日も今日も同じように照っていると言って、自然の深淵が出ています。

ただひとつ惜《を》しみて置きし白桃《しろもも》のゆたけきを吾は食ひをはりけり　『白桃』

上等に改良された見事な岡山の白桃を讃嘆している一首。惜しんでいた最後の桃も、豊かなその果肉と果汁と香りとを今満喫したところです。理屈をまじえずに素直に詠むことによって、その香気も美味さも伝わってくる歌です。言い得て一首は暗示的でもあります。

五十代の絶唱候補作には、次のような作品もあります。

五郎劇《ごらうげき》にいでくるほどのモラールも日《ひ》の要約《えうやく》のひとつならむか　『白桃』

街にいでて何をし食はば平《たひら》けき心はわれにかへり来むかも　同

ガレージへトラックひとつ入らむとす少しためらひ入りて行きたり　『暁紅』

冬の光さしそふ野べの曼珠沙華《まんじゆしやげ》青々としたる一むらの草　同

そして六十代、歌集『小園』、『白き山』、『つきかげ』の時代です。私の個人的な好みから言うとこの期間に愛唱する歌が多いのです。

最上川の上空《じやうくう》にして残れるはいまだうつくしき虹の断片《だんぺん》　『白き山』

虹は天然現象の中でも美しく象徴的ですから、多く歌になっております。この歌はその中でも特に優れている作品です。第一に最上川の上空であるというのが非凡でよいし、第二にはその虹が断片になったとき最も作者の心を捉えたという焦点の合わせ方が新鮮です。美しく且つ堂々と天然自然に迫って古往今来における傑作の一つです。

目のまへの売犬《ばいけん》の小さきものどもよ生長《せいちやう》ののちは賢《かしこ》くなれよ　『つきかげ』

年老いた上に死に近づいている人が、ある時路傍で売られている子犬を間近に見ているところです。思わず「生長ののちは賢くなれよ」という声を掛けたい心境になっているのです。「聖者の声」のような、身に沁みる響きは一読誰の胸にも届くことでしょう。
六十代における他の絶唱候補作も紹介しておきます。

鈍痛《どんつう》のごとき内在《ないざい》を感じたるけふの日頃《ひごろ》をいかに遣《や》らはむ　『小園』

沈黙《ちんもく》のわれに見よとぞ百房《ひやくふさ》の黒き葡萄に雨ふりそそぐ　同

幻《まぼろし》のごとくに病みてありふればここの夜空を雁《かり》がかへりゆく　『白き山』

近よりてわれは目守《まも》らむ白玉の牡丹の花のその自在心《じざいしん》　同

オリーヴのあぶらの如き悲しみを彼の使徒《しと》もつねに持ちてゐたりや　同

ここに来て狐を見るは楽しかり狐の香《か》こそ日本古代の香《か》　『つきかげ』

ひと老いて何のいのりぞ鰻すらあぶら濃過《こす》ぐと言はむとぞする　『つきかげ』

場末をもわれは行き行く或る処満足《まんぞく》をしてにはとり水を飲む　同

斎藤茂吉歌集一覧

一『**赤光**』 **23歳〜31歳**

大正二年十月十五日、東雲堂書店。アララギ叢書第二編。明治三十八年から大正二年八月までの歌八百三十四首。制作の新しい順・逆年順。大正四年七月一日再版。大正七年五月二十日三版、大正八年三月二十日四版、大正八年十一月十日五版。

大正十年十一月一日、改選版、東雲堂書店。全巻にわたって七十五首を削る。(七百五十九＋一首トナル)制作年順。「赤光」改選版「塩原行」一首補う。跋を付す。

大正十四年八月十五日改選三版、春陽堂。改選初版の誤植訂正。歌句、後記若干改めている。昭和二十四年四月一日新版千日書房。改選三版と同じ。誤植を訂正。

二『**あらたま**』 **31歳〜35歳**

大正十年一月一日、春陽堂。アララギ叢書十編。大正二年九月から大正六年十二月。七百四十六首。大正十四年四月十五日発行の八版にて誤植訂正。「「あらたま」第八版にのぞみて」と新文章を入れる。

三『**つゆじも**』 **36歳〜39歳**

昭和二十一年八月三十日、岩波書店。アララギ叢書第二十五篇。大正七年から大正十年。六百九十七首。後記中に九首の歌を補う。七百六首。昭和二十六年四月五日、第三刷。後記にて二首補う。全集の底本。(昭和十六年手帳から浄書)

四『**遠遊**』 **40歳〜41歳**

昭和二十二年八月三十日、岩波書店。アララギ叢書百二十三篇。大正十一年一月オーストリア・ウィーンに到着の日から、大正十二年七月ウィーンを去るまでの作歌、六百二十三首。昭和十六年夏、編集。昭和二十四年七月十日第二刷。

五『**遍歴**』 **41歳〜42歳**

昭和二十三年四月五日、岩波書店。アララギ叢書百二十四篇。大正十二年七月ミュンヘン到着の日から大正十四年一月東京帰着。八百二十八首。昭和十六年夏編集。昭和二十五年二月二十五日第二刷。全集には原作が載っている。

六『**ともしび**』 **43歳〜46歳**

昭和二十五年一月三十日、岩波書店。アララギ叢書百四十一篇。大正十四年ヨーロッパから帰国下船後、上京途次の歌に始まり、昭和三年の終りまで、九百七首。編集は昭和四年頃に出来ていたとあるが、後年の手も入っている。昭和二十五年八月二十日、第二刷。九百八首となる。全集は四首補入し、九百十二首。

七『**たかはら**』 **47歳〜48歳**

昭和二十五年六月三十日、岩波書店。アララギ叢書百四十二篇。昭和四年の作歌及び歌集「連山」に収めた以外の昭和五年の作歌。四百五十四首。

八『**連山**』 **48歳**

昭和二十五年十一月十五日、岩波書店。アララギ叢書百四十五篇。昭和五年十月、南満洲鉄道株式会社から招かれて、満洲（現中国東北部）各地、中国、朝鮮半島を経て十一月帰国するまでの作歌七百五首。編集は昭和十五年夏に着手、昭和十七年夏以後にまとめる。

九『石泉』 49歳～50歳

昭和二十六年六月十五日、岩波書店。アララギ叢書百四十八篇。昭和六年から七年の作歌、一千十三首。全集には「世田谷」十五首補入。一千二十五首。

十『白桃』 51歳～52歳

昭和十七年二月二十五日、岩波書店。アララギ叢書百篇。昭和八年、九年の作歌一千十七首。昭和十七年九月二十日、二刷。第一刷の誤謬誤植を訂正し、「拾遺」として「鞍馬山」十一首を補う。全集には「歳晩近作」五首補う。

十一『暁紅』 53歳～54歳

昭和十五年六月三十日、岩波書店。昭和十年、十一年の作歌九百六十九首。昭和十五年十月三十日第二刷。誤謬誤植訂正。九百六十八首。昭和十八年七月二十五日、三刷。

十二『寒雲』 55歳～57歳

昭和十五年三月一日第一刷、古今書院。昭和十二～昭和十四年十月までの作歌千百十五首。昭和十五年四月二十日第二刷、六月一日第三刷、昭和十六年八月一日第四刷発行。第二刷で昭和十二年「随縁雑歌」の一首、「霜白き草野のなかを流れくる川の上には靄だちにけり」を削り、「浅草の五重塔のまぢかくに皆あはれなる命うらなふ」を入れている。

十三『のぼり路』 57歳～58歳

昭和十八年十一月二十日、岩波書店。アララギ叢書第百十一篇。昭和十四年十月から昭和十五年歳末までの作歌七百三十四首。

十四『霜』 59歳～60歳

昭和二十六年十二月二十日、岩波書店。アララギ叢書第百五十篇。昭和十六年及び十七年の作歌のうち戦争に関係のないものを選んで八百六十三首。

十五『小園』 61歳～63歳

昭和二十四年四月二十日、岩波書店。アララギ叢書第百三十七篇。昭和十八年から昭和二十一年一月、疎開先の金瓶を去るまで。七百八十二首。昭和二十四年十一月十八日第二刷発行。

十六『白き山』 64歳～66歳

昭和二十四年八月二十日、岩波書店。アララギ叢書第百三十八篇。昭和二十一年及び二十二年の作歌八百二十四首。全集では、「紅色の靄」二十三首など二十六首が増補されている。

十七『つきかげ』 66歳～69歳

昭和二十九年二月二十五日、岩波書店。アララギ叢書第百五十五篇。昭和二十三年から昭和二十七年までの作歌九百七十四首。山口茂吉、柴生田稔、佐藤佐太郎編集。巻末記土屋文明、後記山口茂吉。

斎藤茂吉略年譜

明治十五年（一八八二）――0歳
五月十四日、山形県南村山郡金瓶村に生まれる。父農業守谷熊次郎（伝右衛門）、母いくの三男。
明治二十一年（一八八八）――6歳
四月、金瓶尋常小学校入学。
明治二十三年（一八九〇）――8歳
四月、合併のため半郷尋常小学校に転じた。
明治二十四年（一八九一）――9歳
このころ菩提寺寶泉寺住職佐原窿応に習字・漢文を習う。
明治二十五年（一八九二）――10歳
四月、半郷小学校尋常科を卒業、高等科に入学。九月、上山尋常小学校に転じた。
明治二十九年（一八九六）――14歳
四月、尋常小学校高等科卒業。八月、父と共に上京。浅草区東三筋町五十四番地浅草医院斎藤喜一郎（紀一）方に寄寓。九月、東京府開成中学校に入学。
明治三十四年（一九〇一）――19歳
同開成中学校卒業。
明治三十五年（一九〇二）――20歳
九月、第一高等学校第三部に入学。第一高等学校寄宿舎に起居した。
明治三十八年（一九〇五）――23歳
一月頃、神田の貸本店から正岡子規歌集『竹の里歌』を借りて読み、作歌を志した。六月、第一高等学校卒業。七月、斎藤紀一次女てる子（輝子）の婿養子として入籍。九月、東京帝国大学医科大学に入学。この頃、雑誌「馬酔木」を求めて読んでいる。
明治三十九年（一九〇六）――24歳
「馬酔木」にはじめて歌五首が載る。三月、伊藤左千夫を訪問した。以後歌会に参加し、香取秀眞、蕨眞、平福百穂らと相知った。
明治四十一年（一九〇八）――26歳
一月、「馬酔木」が廃刊となり、九月、「阿羅々木」（後に「アララギ」と改められる）（発行所、千葉県蕨眞宅）が創刊された。
明治四十二年（一九〇九）――27歳
一月、観潮楼歌会に出席し森鷗外、与謝野寛、上田敏、木下杢太郎らと相見え、やがて佐佐木信綱、北原白秋らと相知る。九月、「アララギ」が東京（発行所、伊藤左千夫宅）に移り発行された。この年土屋文明、中村憲吉らと相知る。
明治四十三年（一九一〇）――28歳
十二月、東京帝国大学医科大学医学科卒業。
明治四十四年（一九一一）――29歳
この年から「アララギ」の編集を担当し、島木赤彦と相見えた。
大正二年（一九一三）――31歳
五月、生母いく逝去。七月、伊藤左千夫が没した。十月、第一歌集『赤光』（東雲堂書店）刊行。
大正三年（一九一四）――32歳
四月、斎藤紀一次女輝子と結婚。

大正五年（一九一六）――34歳
四月、『短歌私鈔』（白日社）刊行。
大正六年（一九一七）――35歳
四月、『続短歌私鈔』（岩波書店）刊行。十二月、長崎医学専門学校教授に任ぜられ、赴任した。
大正八年（一九一九）――37歳
五月、芥川龍之介、菊池寛と相知った。八月、『童馬漫語』（春陽堂）刊行。
大正九年（一九二〇）――38歳
六月、喀血し入院加療、退院後は九州各地に滞在療養した。
大正十年（一九二一）――39歳
一月、歌集『あらたま』（春陽堂）刊行。二月、文部省在外研究員を命じられた。三月、長崎を去り、東京に帰った。十月二十七日、海外留学の途につき、上海、シンガポール、パリなどを経由して、十二月二十日ベルリンに着く。ベルリン滞在中に信用状の盗難にあう。
大正十一年（一九二二）――40歳
一月、ベルリンを離れオーストリア、ウイーンに着き、神経学研究所のマールブルクの指導を受けた。滞在中ドイツなど各地を旅している。
大正十二年（一九二三）――41歳
六月、イタリア旅行。七月、ウイーンを離れドイツのミュンヘンに移り、シュピールマイエル教室に入った。実父守谷伝右衛門が没した。九月、日本の関東大震災を新聞の報道で知った。
大正十三年（一九二四）――42歳
七月、ミュンヘンを去ってパリに向い、パリにて妻輝子と落ち合い、ロンドンなどヨーロッパ各地を歴遊した。十月、医学博士の学位を受けた。十一月、マルセーユから帰途についた。十二月、船上にて青山脳病院全焼の報を受けた。
大正十四年（一九二五）――43歳
一月、五日神戸に着き帰朝、七日東京に着いた。四月、自選歌集『朝の蛍』（改造社）刊行。
大正十五年・昭和元年（一九二六）――44歳
三月、島木赤彦が没した。四月、『金槐集私鈔』（春陽堂）刊行。五月、「アララギ」編集発行人。十二月、編集に尽力した『長塚節全集』（全六巻、春陽堂）の第一回配本があった。
昭和二年（一九二七）――45歳
四月、青山脳病院院長。七月、芥川龍之介が没した。
昭和三年（一九二八）――46歳
十一月、養父斎藤紀一が没した。
昭和四年（一九二九）――47歳
一月、慢性腎臓炎が分り以後食養生をした。四月、『短歌写生の説』（鐵塔書院）、岩波文庫『新訂金槐和歌集』（岩波書店）刊行。七月、改造文庫『朝の蛍』（改造社）刊行。十一月、土岐善麿らと歌人として初めて朝日新聞社の飛行機に乗る。十二月、『現代短歌全集』（改造社）第十二巻「斎藤茂吉集」刊行。
昭和五年（一九三〇）――48歳
三月、「アララギ」編集発行人を辞し土屋文明に代わった。八月、随筆集『念珠集』（鐵塔書院）刊行。

昭和六年（一九三一）――49歳
八月、佐原窿応が遷化した。十一月、長兄廣吉が没した。

昭和八年（一九三三）――51歳
五月、改造文庫『新選秀歌百首』（改造社）刊行。十月、「柿本人麿」の稿を起こし、翌年にわたって稿を継いだ。

昭和九年（一九三四）――52歳
八月、弟高橋四郎兵衛の計画によって蔵王山上に歌碑が建った。十一月、『柿本人麿』（岩波書店）刊行。十二月、幸田露伴と相見えた。

昭和十年（一九三五）――53歳
十月、『柿本人麿（鴨山考補註篇）』（岩波書店）刊行。『鷗外全集』（岩波書店）編集委員。

昭和十二年（一九三七）――55歳
五月、島根県鴨山等の実地調査の旅をした。『柿本人麿（評釈篇巻之上）』（岩波書店）刊行。宇野浩二編短歌文学全集『斎藤茂吉篇』（第一書房）発行。『新万葉集』（改造社）審査委員となる。六月、帝国芸術院会員。七月、日中戦争起こる。

昭和十三年（一九三八）――56歳
六月、杉鮫太郎との共編『平賀元義歌集』（岩波書店）刊行。十一月、岩波新書『万葉秀歌』上下（岩波書店）刊行。

昭和十四年（一九三九）――57歳
二月、『柿本人麿（評釈篇巻之下）』（岩波書店）刊行。

昭和十五年（一九四〇）――58歳
三月、歌集『寒雲』（古今書院）刊行。四月、随筆『不断経』（書物展望社）刊行。五月、『柿本人麿』の業績により帝国学士院賞受賞。六月、歌集『高千穂峰』（改造社）刊行。六月、歌集『暁紅』（岩波書店）刊行。十二月、『柿本人麿（雑纂篇）』（岩波書店）刊行。

昭和十六年（一九四一）――59歳
四月、随筆『砂石』（新声閣）刊行。七月、箱根強羅の別荘に滞在、歌集『遠遊』『遍歴』『つゆじも』などの整理、浄書に当たった。十二月、太平洋戦争始まる。

昭和十七年（一九四二）――60歳
二月、歌集『白桃』（岩波書店）刊行。七月、短歌読本『伊藤左千夫』（新声閣）刊行。八月、『伊藤左千夫』（中央公論社）刊行。

昭和十八年（一九四三）――61歳
十一月、『源実朝』（岩波書店）及び歌集『のぼり路』（岩波書店）刊行。十二月、『正岡子規』（創元社）及び『小歌論』（第一書房）刊行。

昭和十九年（一九四四）――62歳
七月、『童馬山房夜話（第一）』（八雲書房）刊行。九月、『童馬山房夜話（第二）』（八雲書房）刊行。十二月、「アララギ」十二月号を以って休刊。

昭和二十年（一九四五）――63歳
四月、疎開のため単身郷里上山に向かい、金瓶斎藤十右衛門方に落ち着く。四月、『文学直路』（青磁社）出版。五月、空襲により青山の自宅及び病院が焼失。六月、妻輝子、次女昌子が疎開してきて斎藤十右衛門方に同居。八月、太平洋戦争終戦。九月、「アララギ」が復刊した。

昭和二十一年（一九四六）――64歳

一月、郷里金瓶を去って山形県大石田に移り、二藤部兵右衛門方の離家（聴禽書屋）に落ち着く。三月、肺炎を患い五月上旬まで臥床療養した。『童馬山房夜話（第三）』（八雲書房）刊行。四月、歌集『浅流』（八雲書房）刊行。八月、歌集『つゆじも』（岩波書店）刊行。十月、昭和二十二年度御歌会始選者を受ける。以後亡くなるまで選者を務めた。

昭和二十二年（一九四七）——65歳

四月、『短歌一家言』（斎藤書店）、『作歌実語鈔』（要書房）、『万葉の歌境』（青磁社）を続けて刊行。六月、秋田魁新報社の歌会に赴き、ついでに八郎潟等を巡った。七月、幸田露伴が没した。『童牛漫語』（斎藤書店）刊行。八月、東北御巡幸の昭和天皇に拝謁、短歌について言上した。歌集『遠遊』（岩波書店）刊行。十一月、大石田を引き上げ、東京に帰る。世田谷区代田一丁目四百番地に落ち着く。斎藤茂吉編『幸田露伴集』（東方書局）刊行。

昭和二十三年（一九四八）——66歳

四月、歌集『遍歴』（岩波書店）刊行。八月、朝日新聞歌壇選者となる。十一月、正倉院拝観の旅をし、京都、石見湯抱、名古屋などをめぐる。

昭和二十四年（一九四九）——67歳

二月、随筆『茂吉小文』（朝日新聞社）刊行。三月、『島木赤彦』（角川書店）刊行。四月、新版『赤光』（千日書房）、歌集『小園』（岩波書店）刊行。七月、『幸田露伴』（洗心書林）刊行。八月、歌集『白き山』（岩波書店）刊行。九月、『近世歌人評伝』（要書房）刊行。

昭和二十五年（一九五〇）——68歳

一月、歌集『ともしび』（岩波書店）刊行。五月、『ともしび』により第一回読売文学賞受賞。五月、校註『金槐和歌集』（朝日新聞社）刊行。六月、歌集『たかはら』（岩波書店）刊行。『明治大正短歌史』（中央公論社）刊行。十一月、歌集『連山』（岩波書店）刊行。新宿区大京町二十二番地に移る。

昭和二十六年（一九五一）——69歳

一月、藤森朋夫編『斎藤茂吉の人間と芸術』（羽田書房）発行される。三月、『続明治大正短歌史』（中央公論社）刊行。四月、『歌壇夜叉語』（中央公論社）刊行。六月、歌集『石泉』（岩波書店）刊行。十一月、文化勲章受章。十二月、歌集『霜』（岩波書店）刊行。佐藤佐太郎編『斎藤茂吉秀歌』（中央公論社）発行。

昭和二十七年（一九五二）——70歳

三月、第一回童馬会（斎藤茂吉全集編集委員会）に病を押して出席。五月、『斎藤茂吉全集』（岩波書店）第一回配本開始。十一月、文化功労年金受給者となる。

昭和二十八年（一九五三）——71歳

二月二十五日、大京町の自宅に於いて心臓喘息のため逝去。享年七十年九箇月。戒名「赤光院仁誉遊阿暁寂清居士」（生前自ら選んだものである）。

（秋葉四郎編）

秋葉 四郎（あきば しろう）

昭和12年（1937年）、千葉県生まれ。歌人・博士（文学）。斎藤茂吉記念館館長。昭和42年「歩道」入会、佐藤佐太郎に師事。現在「歩道」編集人。歌集に『街樹』『極光（オーロラ）』『蔵王』『自像』『みな陸を向く』等、他に『現代写生短歌』『作歌のすすめ』『新論歌人茂吉』『歌人茂吉人間茂吉』『短歌清話―佐藤佐太郎随聞』『完本 歌人佐藤佐太郎』『茂吉 幻の歌集『萬軍』―戦争と斎藤茂吉』『短歌入門―実作ポイント助言』等がある。

茂吉入門―歌人茂吉 人間茂吉

2016年12月25日　第1刷発行

著　者　秋葉 四郎
発行者　飯塚 行男
印刷・製本　キャップス

株式会社 飯塚書店
http://izbooks.co.jp
〒112-0002 東京都文京区小石川5-16-4
TEL03-3815-3805 FAX03-3815-3810
郵便振替00130-6-13014

ISBN978-4-7522-1040-5
Printed in Japan